저자 근영

국립중앙도서관 출판시도서목록(CIP)

장미 몽파르나스 = Rose montparnasse : 전인숙 시집 /지은이 :
전인숙. -- 서울 : 한누리미디어, 2014
p. ; cm

ISBN 978-89-7969-481-9 03810 : ₩10000

한국 현대시 [韓國現代詩]

811.7-KDC5
895.715-DDC21 CIP2014020164

전인숙 시집

장미 몽파르나스

한누리미디어

차례 Contents

삶 속에 시가 있다

전인숙 시집
장미 몽파르나스

나의 삶, 나의 시

삶 속에 시가 있다

오월의 향기

단 향기에 발을 멈추고 바라보니
작은 꽃송이 모여 큰 꽃봉오리
참으로 아름다워라
키 높여 꽃에 뺨을 부비면
아카시아 향기에 취하네
잎을 따며 가위 바위 보
놀던 친구가 그리워지네

뻐꾸기 소리 따라
등나무 아래 휴식을 취하니
향기로움에 고개를 들어 보네
오—우 너무 예뻐라
막 피어난
수많은 등꽃이 등불처럼
황홀히 켜 있네

▶ 시작노트

오월의 공원은 찬미하는 꽃들의 향기로 가득하다.

살아 있음을 감사드리며 꽃들을 바라보다 앉아 쉬고 또 걷는다. 아카시아는 작은 꽃송이가 모여 큰 꽃봉오리를 이루며 수많은 꽃봉오리들이 주렁주렁 매달려 참으로 아름답고 향기로워 시상이 떠오른다.

잎을 떼어 만지면 어릴 적 친구와 가위바위보 놀이하며 놀던 얼굴들이 그립다.

참으로 아름답고 향기로운 공원이여.

뻐꾸기 소리 따라 걷다 통증이 심해 의자에 앉아 쉬다 향기로움에 고개를 들어 본다.

황홀한 꽃 등불이 멜로디로 터진다.

걸을 때마다 너무 다리가 아파 동화 속 인어공주 생각이 난다.

아픔에 신경을 쓰지 않으려고 숫자를 세어가며 걷거나 시를 낭송한다.

공원으로 오라

물고기 무리들이 움직이듯
바람 따라 연둣빛 잎새가 흐르고

햇살로 터지는 벚꽃은
더욱 향기롭고 화려해

목련은 청초한 처녀처럼
봉오리져 눈부시네

연못 분수의 물이
자갈 위로 흐르며 자갈거려 홍겹고

버들강아지와 개나리꽃이
동요 따라

뒷다리가 쏘옥 앞다리가 쓰윽
노래하며 춤추는 듯 즐겁네

▶ 시작노트

공원 산책을 하다 보면 자연의 속삭임 아름다움이 너무 행복해 집안에 있는 사람들을 불러내 행복을 나누고 싶다.

겨울 공원

눈이 나리네
설경의 아름다움에 취해
시가 나리네

함박눈이 쌓이네
나뭇가지에 벚꽃이 핀 듯
휘어질 듯 눈이 쌓였네

▶ 시작노트

외로움은 홀로 공원 산책을 하게 한다.

창문으로 바라보는 공원은 함박눈이 펑펑 시야를 가리더니 금세 눈 세상이다. 산책길에 가까이 가 보니 눈꽃이 참으로 아름답고 눈의 무게에 나뭇가지가 처져 휘어질 듯하다.

올림픽 3단지

창문을 열고 내려다보니
단풍든 가로수 샛노란 은행잎은
금빛 환희로 반겨준다

촉촉이 젖은 단풍은
더욱 아름다워
퇴원을 감사드린다

성내천은 불어나 돌다리를 넘칠 듯
팔뚝만한 잉어는 수초를 뜯어
포말을 이룬다

봄이 오는 소리

입춘을 알리듯
새들은 나무에 몰려와
눈꽃을 쏟아 내린다

기차놀이를 하듯
개나리는 줄줄이 피어
상쾌한 성내천 물소리

봄기운 느끼는 오리는
꽁지를 하늘 높이 힘껏 들고
웅크렸던 겨울을 떨쳐 버린 행복한 기운

낙상

낙상해 수술 후 지옥 같은 세월
전신 마취 대수술 일년 육개월 만에
다시 염증 수술 효심과 돈은
병원 재활의학과 전전
지옥을 헤매는 고통의 세월

끔찍한 검사는 고문하듯 전신을 뒤진다
병원 지시 따라 간병인에 의해 이루어지고
돈을 지불하고 고통을 참아야 한다
신음, 약물주사, 환자들의 짬뽕된 오물 악취
맑은 공기, 하늘, 푸른 나무, 꽃, 자연이 그립다

죽고 싶도록 살고 싶다 집에 가고 싶다
1. 생각을 버리고 2. 잘 먹고 3. 잘 자고 4. 잘 싸면
살아 집에 갈 수 있단다
죽기를 원했으나 마음 바꿔 고통을 참고 운동을 한다
글도 쓰고 여행도 가고 못해 본 일을 다 하리라

▶ 시작노트

낙상수술 2011. 7. 5
염증수술 2012. 12. 21
염증검사 2013. 11. 26

그동안 살려는 노력이 억울하지만 평생 아파야 한다면 죽는 것이 낫다.
아프고 입원하는 게 죽기보다 싫다.
수술, 입원, 아픔과 공포가 싫다.
자다 죽을 수만 있다면 편히 죽을 수만 있다면 죽고 싶다.

그리운 날

사무치도록 그리운 날
꽃이여 내 눈을 보고 말해요
이젠 외로워하지 말라고

이처럼 사무치는 봄날
손잡고 꽃길을 걸을 수 있는
임이 계신다면 얼마나 행복할까

임은 오시지 않고
꽃눈만 나리네
꽃은 아픔을 치유하듯 향기롭네

옥잠화

흰 꽃은 찬란해 눈이 부셔
향기로운 긴 꽃대 옥비녀를 닮은 꽃
꽃 속을 들여다보면 빠져드는 황홀함
순백의 향기는 햇빛도 싱그러운 바람
짙은 향은 발길을 멈추게 하여
추억이란 꽃말을 음미한다

푸른 떡잎에 작은 꽃봉오리들
옥잠화가 피고 지고
순백의 삶 살다 가는 꽃
깊은 심연에서 풍기는 영원한 향기여
하트모양 초록 잎은 물 흐르듯 줄을 그어
잎 가장자리는 물결치듯 한다

진달래 꽃

온 산 하늘 길에 진달래 피네
진달래 붉게 물들면
인자하신 아버님 기일이 되네
다시 못 올 먼 곳으로 떠나시며
환하게 웃으시던 인자하신 아버님

진달래 꽃을 따다 술을 빚어서
땅속 깊이 독을 묻어
진달래와 설탕을 비율 맞춰 넣고 꼭 봉해
숙성되면 체로 걸러
사랑하는 형제 가족들 모여
그리운 추억 나누며 사랑의 축배를 하네

봄

고양이 두 마리
서로 털을 부빈다
부드러운 봄의 감촉

잠자리 빙빙 돌다
또 한 마리
서로 꼬리를 물고 돈다

봄은
둘이 하나가 되나 보다
노닐다 서로 사랑하나 보다

짐승도 곤충도
둘이 하나 됨을 아는데
왜 뜨거운 눈물
목 줄기를 타고 내릴까

맹인 노부부

등을 따끈따끈 햇살에 쪼이며
꽃잎을 어루만지고 있는 노부부 맹인

온 세상 평온함이
꽃잎처럼 부드럽구나

맹인과 분수를 바라보며
나도 닮아간다

소담터

환희로 첫눈이 내리네
앙상한 나무에 함박눈이 쌓여
가지마다 눈꽃이 피어나네

시간이 흐르며
아이들 강아지 눈사람 유년의 추억들
내 마음 흥겨워 춤을 추네

구남매의 설빔

새벽에 살짝 열린 대문 사이로
말갛게 쓸어논 빗자루 흔적
새해가 되면
할머님 어머님 손끝에 무지갯빛 염색물
색동저고리, 홍치마, 바지저고리
긴 빨랫줄에 색색으로 예쁜
구남매의 설옷
언제 구남매의 옷을 만드셨을까
다리미질 하려고 새벽이슬에 널어 논
설옷을 보며 부모님 깊은 사랑을 본다

할머님

허리춤에 열쇠 꾸러미
걸음마다 열쇠 소리
두렵고도 반가운 소리
존경스러운 인자하신 할머님
호령하시는 소리에도 사랑 가득
눈과 입매에도 미소 가득
잘못하면 회초리
아버지 들어와 딸을 감싸안고
'어머님 저를 때리십시오' 하신다

홍시

집안에 감나무가 네 그루
감을 큰 궤짝마다 가득가득

감 위에 볏짚 덮고 감을 또 놓고
켜켜이 넣고 닫아 두면

구남매 익기도 전에
쥐방울 드나들 듯

하나는 궤짝 뚜껑 들고
하나는 손을 넣어 홍시만 골라 담으면

홍시는 엄마의 초유처럼 빨려드는 맛
아가의 볼처럼 툭 터질 것만 같다

팥죽

대청마루 문을 열면
팥죽에 흰 옹심이
김이 솔솔 형제들처럼 오순도순

차가워도 맛있는 간식
추워 이불 쓰고 덜덜
꿀맛 같은 팥죽 또 먹고 싶다

양귀비

신혼 시절
남편은 작은 꽃밭을 만들어
양귀비 꽃씨를 뿌렸다
집 앞을 지나는 이들은 들어와 보고
무슨 꽃이 이렇게 예쁘기도 할까
양귀비 꽃이구나 감탄한다
한 아름 빨래하고 지친 몸은
양귀비 꽃의 아름다움에 위안을 얻는다
공원에 지천으로 핀 양귀비 꽃
그리운 추억으로 피어 있다

아가

새벽 산 속에서 만나는
햇살에 반짝이는
이슬 맺힌 싱그러운 꽃잎
방긋대는 배꽃 같은 아가

새 순 돋아나듯
찬란한 내일을 숨쉬는 사랑의 열매
심연 속에서
한 아름 행복한 웃음꽃 핀다

깊은 산 속 옹달샘 같은
맑고 싱그러운 옹알이
집안 가득 행복한 웃음
가족사랑 뿌리 내리게 하는 아가

달리는 보행기

날개를 달고 하늘을 날아갈 듯
싱그러운 머리칼 날리며
햇살을 타고 날아갈 것만 같다

해처럼 웃는 천사
움직임 하나 하나가 재롱이 되어 행복한 미소
그 무엇도 채워주지 못한 외로움 잊는다

장미 몽파르나스

제일 좋아하는 장미는
산호빛 몽파르나스
겸허한 자세 보석 같은 눈물로
빗속에서 울고 있다

사무치도록 외로워 그리워
빗속에서 기도만 한다
영원한 삶 영원한 사랑은 없을까

동생을 본 아가

1

엄지손가락 빨며
해처럼 웃고 있는 아가
덮는 타올 끌고와 엉덩이 들고 누우며
잠드는 사랑스런 아가

엄마를 떨어진
십오 개월 천사 같은 아가는
할머님 품에서 햇님처럼 웃고
보채지도 않는다

2

백일에 동생을 본 아가는
빼앗긴 설움에 울고 보채며
아가를 끌어내리고 안아달라 보챈다

어느새 갓난아기 얼굴 할퀴어 상처 내고
덮고 있는 타올까지 몽땅 빼앗아 안고 온다
웃기고 안쓰러워 안아서 달랬다

잠투정에 감기까지 들어 심각해
말하듯 소리치며 울어대는 아가 안아 달래며
동생은 뽀뽀하고 예쁘다 예쁘다 해 주는 거라

눈 수술 후

사람이 너무 그립다
교인들이 찾아왔다
너무 아파 침대에서 내려갈 수 없어
문을 열어 주지 못했다
키 번호를 가르쳐 드렸더니
난 화분만 놓고 그냥 돌아갔다
고맙고 미안하고 그리운 사람들

죽고 싶다

양쪽 엉덩이 다리 신경줄을
악마가 비파 타듯 통증은 심해
죽지 못한 질긴 목숨 하느님께 기도만
겨우내 돌을 들고 싹이 돋아나듯 힘을 내자

일요일

교회에 가지 못했다
햇살이 침대에 비춘다
너무 따뜻하고 행복해
뼈 속까지 따뜻한 행복
살아 있음을 감사드린다

다리에서 진물 고름 같은 것이 흐르다
열흘 피가 난다 죽음이 가까이 있음을
아들은 다리 상처를 소독해 주고
화장실 가는 걸 부축해 준다
물로 손만 씻어도 행복하다

입원

장마 잠깐 개인 화창한 날 분수대 사각 웅덩이에서 개구리를 보았다 도심 속 스타시티에서 보아 너무 신기하고 동화책에서만 본 개구리를 손녀들에게 보여주고 싶었다 두 손녀를 데리고 나갔다 손녀에게 보여주려 했으나 찾지 못한다 안타까워 잘 보여주려고 담에 올려 놓았다 할 수 없이 손녀를 조심스럽게 내려놓고 언니(5살)에게 보여주려 했으나 싫다 해 내려오려는데 너무 미끄러워 중심을 잡지 못했다 무릎 높이도 못 되는 물 뺀 분수대로 떨어졌다 머리와 발목 아픔을 느끼며 몽롱한 정신이 언니 5살 손녀에게 '너 집 전화번호 알면 아줌마에게 번호 가르쳐 주어 전화해 달라 말해라' 하고 정신을 잃었다 구급차에 실려가 5일 만에 수술했다 한다 깨어나 보니 오른쪽 고관절수술을 했다 떨어진 모습을 설명해 주었거나 사진을 찍었다면 인공뼈는 넣지 않았을 텐데 정신을 깨어 보니 풍선 위에서 통증이 말이 아니다 입원실로 옮겨가면서 아들 목소리를 들었다 통증이 말이 아니다 오른쪽 다리를 잘랐다는 말을 듣고 죽고 싶다는 생각과 넘어진 현장을 잘 전달했더라면 다리가 잘려 인공뼈를 넣지 않았을 텐데 하는 통증뿐이다 간병인이 얼음주머니를 환부에 댄다 머리가 너무 아파 얼음주머니를 머리에 베고 녹으면 다시 담아 베고 이틀 만에 정신이 돌아와 알아보고 얘기도 한다 다리뼈가 잘리고 피부는 큰 지네가 그려져 있다 바느질도 너무 못했다 삼 년이 지났는데 사타구니가 너무 아프고 많이 걸으면 오른쪽 머리가 아프다 진통제를 먹었으나 여전해 약을 끊고 운동으로 견뎌 보려 했으나 일주일이 넘으니 불안하고 운동도 생각처럼 되지 않아 이러다 걷지도 못하는 것 아닌가 싶다 너무 긴 겨울을 살아나 봄을 맞이할지 모르겠다 생명이 어느 정도 남았을까 불안한 마음 진정시키며 이왕 살 거라면 사람답게 살자 도전해 보자 운동하자 불안한 마음 진정시키며 살아야 한다면 뿌리 뽑힌 나무처럼 흔들리지 않고 안정을 해야 한다

2011년 7월 4일

2012년 12월 21일 염증 수술 인공뼈 하나를 빼냈다 잠자리는 편해졌다

2013년 10월 28일 퇴원했다

나의 삶, 나의 시

시의 탄생

구 남매중 셋째 첫선 보고 할머님 결정에 따라 결혼했다. 시집 가기 전날 할머니가 나에게 간곡히 부탁하는 말씀이 "'벙어리 삼 년' '장님 삼 년' '귀머거리 삼 년' 석삼 년을 살고 나면 꽃이 핀다. 여자가 한 번 시집가면 남편과 자식을 위해 평생을 살아야 하고 그 집 귀신이 되어야 한다. 언니 동생에게 흠이 되지 않게 열심히 살아야 하고 그 전에는 친정에 올 생각을 마라"고 엄히 말씀하셨다.

"언니들 잘 사는 것 보니 너도 잘 살 거다" 하시던 할머님 말씀을 믿는다.

시집 첫날 시아버님 밥상 앞에서 "너는 호의호식하고 살았고 조카는 남편 뒷바라지하느라 구정물에 손 담그고 살았으니 네가 다 하거라." 남편 얼굴 한 번 쳐다보고 "네"라고 대답했다.

첫날 밤에 아이가 들어서 뼈속까지 찬바람이 불어오는 듯 뼈가 시리고 일은 너무 많았다. 수도가 없어 물을 길어다 빨래와 식수로 사용하고 논에 지은 집은 아궁이의 물을 퍼내면 금세 물이 차고 장마철엔 부엌에 발목까지 물이 차올라 쌓아 논 연탄이 쓰러지려고 해 온몸으로 막으며 조카를 할 수 없이 불렀다. 일부는 쓰러지고 겨우 세우고 나서 바닥에 연탄을 모아 다시 쟁었다.

가난한 살림에 숯을 사서 연탄불을 지피며 매워서 울고 슬퍼서 울었다. 홍두깨에 다듬이에 시아버님 옷 솜 틀어 바지저고리 배워가며 만들어야 했다. 점점 배는 불러오고 일은 힘들고 자다 일어나 화장실에 갔다. 봉당 타일에 쓰러졌다 일어나 보니 새벽이었다.

하루는 목욕 가서 너무 힘들고 졸음이 와 집에 가면 시아버님 성화에 잘 수 없을 것이고 하여 초등학교 운동장에 할머님들이 부채질하며 얘기꽃을 피우는 운동장 한 켠 풀밭에 누워 쉬다가 잠이 들었다. 어느새 어두워져 할머님들이 다 가고 할머님 한 분이 안쓰러워 깨우려다 지키고 있었다 한다. 시아버님이 두 번씩이나 왔다며 찾고 다니니 얼른 가서 저녁 하란다. 무서워 고개 숙이고 대문 들어서면서 부엌으로 곧장 가서 저녁을 지었다.

한 살 차이인 조카는 유복자로 할머님 할아버님 손에서 암죽과 젖을 얻어 먹여가며 끔찍이 귀하게 자랐다 한다. 조카 시집살이 여간 아니다.

한 번은 퇴근해 오는 남편 기다리다 얼른 나가 팔짱을 끼었다. 남편은 얼른 팔을 빼며 과년 닥친 조카가 있는데 이게 무슨 짓이냐고 화를 내고 얼른 들어간다.

할아버지 아궁이는 방수 처리를 잘해 바퀴 달린 화덕을 쓴다. 불이 너무 잘 피워져 자다가 한 번씩 갈아야 하며 춥다. 두꺼비집 열어라 뜨겁다. 두꺼비집 닫아라 성화가 급하다. 얼른 치마를 두르고 자다 맨발로 나가 시키는 대로 해야 한다. 옷도 다 벗고 편히 자지 못하고 준비 태세다. 매일 약탕관 약을 달이고 짠다.

병이 심하실 때는 입원했다 나왔다 한다. 밤에 자리끼를 해 드리다가 잊을 때가 있다. 그럴 때는 주전자가 마루로 날아 깜짝 놀라 일어나 물을 준비해 드리고 겨우 잠드나 하면 기침 소리에 일어나 길가 마당을 쓸어야 한다. 며느리 불쌍하지도 않나 잠도 못자고 하루가 지옥이다.

남편은 개척지마다 삼 년씩 근무한다. 손님처럼 집에 오면 바쁘다. 시장 보아 찬 만들고 김치는 장독 깊숙이 맛있는 김치 꺼내고 맛이 변할까 보아 꼭꼭 눌러놓고 서둘러 밥상을 차려 들어가면 오순도순 아들과 얘기하며 자셨으면 얼마나 좋을까.

그동안 있었던 애들 잘못이며 있었던 일들을 얘기해 편히 식사를 하지 못하고 앞당겨 근무처로 떠난다. 어떨 때는 밥숟갈 놓고 뒤도 안 돌아 보고 떠난다. 너무 속상하고 원망스럽다. 너무 괴롭고 원망스럽고 외로우면 숲을 찾아가 걸으며 마음을 다스리고 삶의 의욕을 충전한다.

남편 첫딸 낳고 기저귀 두어 번 갈아주고 돈을 벌기 위해 의논도 없이 월남행을 떠났다. 시아버님 잔소리와 조카 시집살이는 점점 심했다. 월남에서 벌어온 돈으로 삼 년만에 조카 시집갔다. 긴 한숨 돌리며 살 것만 같다.

어느 날 조카는 아이를 안고 친정에 왔다. 일하다 조카가 대문을 들어서는 걸 보고 머리에서 발끝까지 피를 훑어버린 듯 쓰러졌다. 정신 차리라고 얼굴에 물을 끼얹은 듯하며 점심 때라 얼른 정신을 차리고 시장을 보아 밥을 차려주고 방에 쓰러지듯 누웠다.

시아버님 방에서 웃음이 한창이다. 둘째 셋째 태어나고 시집살이는 조금 나아졌으나 나의 존재는 없고 애들을 위해 살았다. 꼭두새벽 3시에 깨어 길가 마당 쓸고 집안 청소하고 식사 준비를 한다.

한

홀시아버님 잔소리로 동이 트는 새벽
담을 넘어 동네 분들 깨운다
퍼붓는 잔소리는 저승의 노래
혈색 없는 얼굴은 서럽고 외로워도
어스름 길가 마당 쓸고 들어와 밥을 안친다
약탕관의 생선 가시에 생인손 앓아가며
굳은살 생겨 바느질할 때 명주올 뜯기는 손 그슬음
해외 근무로 손님처럼 왔다 가는 남편
가족사진에 없는 아빠 모습
사무치도록 그리워 시를 쓴다
X레이상 멀쩡한 가슴은 통증이 심해
삼남매 사랑의 씨앗이 있어 죽을 수만은 없어
침묵과 헌신으로 천 길 빙벽을 매일 오른다
홀시아버님 대소변 받아가며 너무 힘든 세월

세월은 미움도 원망도 사랑으로 바꾸며
친정아버님처럼 모셨다
남편도 못 보고 지쳐 이대로 죽는 건 아닌지

어느 날 고등학교 친구와 대학 친구가 내가 보고 싶어 찾아왔다. 시아버님은 항상 들어오시자마자 소리 지르신다. 큰 소리에 놀란 친구는 화장실 타일 바닥에 넘어졌다. 배가(임신) 아프다며 그 길로 돌아갔다.

아이는 어떻게 됐는지 영 소식이 없다.

또 한 친구는 나를 보러 왔다가 시아버님이 들어오셔서 소리치며 야단치는 바람에 놀라서 신발을 신지도 않고 들고 버스 정류장까지 달렸다 한다.

홀시아버님 치마 두른 듯
종일 틀어놓는 잔소리
……
거울 속 허무를 보는
말없는 헌신
……

겨울 강이 무너지며
봄을 부르는데
모든 것 뜻대로 할 수 없었던
체념의 이십 년

시집에 대사가 있어 갔다가 모처럼 짬이 나 강에 나갔다. 강변은 얼음 깨지는 듯 산울림이 신음한다.

소리

겨울강이
무너지기 시작한다
고독한 의지
세월의 무게에
더 버티지 못하고 무너지는 것일까
겨울산에 머무는
황혼빛
신음하는
생명의 소리
스산한 바람에
눈발이 날리고
강변의 갈대가
울고 있다

남편 없는 혹독한 삶에 기가 죽고 그리움은 사무쳐 말은 없어지고 무표정이다.

한 번은 시아버님이 조카집에 가셨다. 삼 일쯤 되었을 때

아버님 옷을 조카 집에 가져다 주라 해서 옷을 가지고 갔다. 시아버님은 복덕방에 놀러 가셨다 한다.

조카가 옷 보따리를 풀러보더니 냅다 할아버지를 자기에게 맡기려고 옷을 가져왔느냐고 소리 지르며 때리려 해 얼른 신발 신고 뛰쳐 나왔다.

맨발로 잡으려고 뒤따라오던 조카를 피해 급해서 지나가던 구루마꾼을 빙빙 돌며 피하다 장사꾼 도움으로 겨우 빠져나와 버스를 탔다.

눈물이 자꾸 흘러내려 하차해서 다방 구석에 앉아 울었다. 분하고 억울해 눈물이 그치질 않는다.

집에 오니 남편이 마루 끝에 서서 잡아 죽일 듯 화가 나 있다. 알고 보니 내가 떠나자 전화를 한 듯하다. 시아버님도 와 계셨다. 잘못도 없건만 겁이 난 나는 저녁 준비에 바쁘다.

나중에 사실을 알고 시집 식구들 하는 말이 “저는 시부모 모시지 않으려고 남편과 대판 싸우고 안 모시고 산다”하며 쑥덕거린다. 지금도 그때 생각만 하면 억울하고 분해서 용서가 안 된다.

너무 억울하고 괴로워 인내의 한계를 넘을 때면 바다에 간다. 다리가 아프도록 모래사장을 걷다 모래바닥에 앉으며 깊은 생각에 잠긴다. 모래는 손가락 사이로 빠지며 상념에 잠겨 모래성을 쌓았다 허물었다.

바다는 눈부시다. 풍경과 파도 소리에 조금씩 마음이 풀리고 아이들이 생각나 집에 돌아간다.

바다

온종일 바다만 바라본다
빈 손에 모래가 가득하고
빈 가슴에 파도가 가득하다
눈이 부시는 파도 소리
온 하루 파도 소리를 듣는다
내 전신에 가득히 파도 친다
꿈속에서도 파도를 만난다
내가 파도가 되고
당신 또한 파도가 되어 만난다

자신을 옭아매는 여러 갈등과 풀리지 않는 매듭진 삶, 오랜 세월 가슴 속에서 농축되었다. 단숨에 시가 쓰여졌다. 쓰여진 시에 만족하면 위로를 받는다. 시와 삼 남매만이 생명이요 삶의 전부이며 분출구다. 화해와 풀리지 않는 한을 다시 삶에 충전하며 도전을 한다.

남편이 제주도에서 7년간 근무할 때다.

업무량이 많은 남편은 중요한 책임 때문에 가면서 미안하다며 어디에 가고 싶은가 물어 경치 좋은 곳이면 아무데나 했더니 사라봉 산 밑에 내려주고 갔다.

점심때 올 수 있으면 오고 늦어도 저녁 전까지는 오겠다며 먹고 싶은 것 사주며 갔다. 등산을 좋아한 나는 맑은 공기 아름다운 경치를 감상하며 사라봉 자살 바위까지 올라갔다. 참으로 아름다운 절경에 자살하는 이가 많아 비가 세워질 정도, 경비정이 시간시간 돈다.

배가 고파 음료수와 음식을 먹고서야 점심때가 지났음을 안다.

사랑하기에 믿고 기다린다.

일에 몰두하면 아내와의 약속을 잊는 남편.

'석삼년' 할머님의 교훈을 생각하며 순종한다. 소녀시절 시인이 되겠다는 꿈은 사라봉 자살바위 절경 앞에서 시를 쓴다. 기다림은 행복한 즐거움이다.

정상을 향해

같은 꿈을 가진 무리들이 정상을 향해 오른다
저마다 자리잡고 시상을 조각한다
소복한 여인도 홀로 자리잡았다
시간 내에 끝마친 이들은
확인도 하지 않은 채 바다에 던지고
부러운 모습으로 하산한다
아직 앉아 시를 조각하는 이도 있다
세월이 바뀌고 아무도 없다
신선인 듯 스승인 듯하는 이

끝났다는 듯 휘익 돌아보고 간다
파도가 심하고 눈보라가 치는데
시린 가슴 언 손은 조각하는 걸 멈추지 못한다
끝마친 조각품 바다에 던지고
살아 바다를 헤엄쳐 가는 걸 보고 쓰러진다.

슬슬 내려가며 시 한 편 얻었음을 기뻐한다. 가게에 들어가니 아줌마가 웬 젊은 여자가 산에 하루 종일 앉아 있다고 해서 신고 받고 경비가 뒤에서 지키고 있었다 한다. 남편이 이 얘기를 듣고 미안하다며 일류 호텔에 가서 분위기 있는 식사를 했다.

며칠 뒤 시간을 내어 신혼부부들 여행팀에 편승하여 철쭉제에 같이 가게 되었다. 중년 부부는 우리뿐 부러운 존경의 눈빛으로 인사를 한다. 신혼부부는 인꽃 화려한 의상 분위기가 너무 좋아 싱글벙글 입이 다물어지지 않고 아빠도 매우 기분 좋은 듯하다.

등산을 잘하는 나는 도시락 과일 물 등을 내가 다 지고 피곤한 줄도 모르고 행복으로 올라간다. 신혼은 너무 아름답고 신선하다. 얘기 소리도 노래하는 듯하다.

입가에 행복한 미소를 띠며 영원하기를 기원하며 철쭉꽃 같은 화려한 무더기 신혼의 행복이 쌍쌍이 올라가는 모습, 꽃이 핀 듯하다. 점심을 먹기 위해 모두들 자리를 잡는다.

우리도 편편한 바위에 자리를 잡고 세상에서 가장 맛있는 점심을 먹었다.

한라산 철쭉제

철쭉제 관광객
제주도 돌처럼 많구나
피곤을 모르고
쉬엄쉬엄 오르는 산행
철쭉꽃 피듯
신혼의 무리들
한라산에 피어
감미로운 바람이 분다
향긋한 더덕 내음에
식욕 돋구어
어깨에 멘 음식
무게를 느끼는 무렵
편편한 바위에 앉아
점심을 들며
사랑 얘기
꽃 피운다

평생 잊을 수 없는 아빠와의 산행이었다.

애들은 다 크고 너무 외롭고 무료해 그림을 배웠다. 한 2년 마음 붙일 곳 없어 매일 여덟 시간씩 그림을 그렸으니 일어서지를 못하고 병원에 실려갔다.

병원에서 너무 무리하면 병신이 될 수 있으니 그림을 그만두라 한다. 미술 선생은 그동안 열심히 했으니 사생대회에 나가 한 번은 평가를 받아보라고 하여 나갔다. 생각지도 않은 상을 타고 너무 기뻐 다시 하고 싶었으나 건강상 쉬었다.

교회에 나가 베델 성서를 배웠다. [1] 하나님과의 조화, [2] 자신과의 조화, [3] 다른 사람들과의 조화, [4] 자연과의 조화라는 말씀을 배울 때 너무 절실한 공감을 느끼며 고개를 나도 모르게 끄덕인다. 시를 창작하는 나로선 자연과 신과 자기 체험을 통해 삼위일체를 이루고 조화를 이루어 승화된 시를 쓰도록 노력하였다. 최선을 다한 집념과 노력으로 때를 기다리며 준비하는 자세만이 꿈을 이룰 수 있는 성공의 기회를 잡을 수 있다는 걸 알았다. 자연을 사랑하며 내면의 세계로 향하고 침묵 속에 외로움을 잊고자 삶의 분출구를 찾았다.

교회 친구 소개로 가 보았더니 찬송가에 맞추어 춤도 춘다. 삼일을 구경 갔다가 찬송가에 반해 등록을 했다. 처음에 앉아서 구경하다가 한 달에 십만 원씩이라는 말을 듣고 이왕 이리 된 것 열심히 했다. 춤을 추다 쉬면 상쾌한 바람이 이마의 땀을 씻어준다. 시상이 떠오른다.

주님

아름다운 초록의 나무 잎들이

주님의 숨결로 불어와 땀을 씻어 주시니
시원함이 주님 사랑 충만하옵니다
몸이 고달파도 은혜로 충만하여
춤으로 말씀을 전하는 눈빛은
하늘을 향해 행복합니다
아름다운 자연과 꽃향기를 통해
삶 속에 하나님을 느낄 수 있어
외로운 그리움을 잊고 주님 찬양하옵니다
인간의 사랑만이 행복한 줄
아름다운 줄만 알았는데
하나님 사모하는 마음이 얼마나 아름다운지

국제율동학원을 2년 졸업하고 고민하다 문학 공부를 하기 위해 대학원을 진학했다. 언니와 과가 틀리나 차를 얻어 타고 같이 다닐 수 있어 좋았고 책을 많이 읽을 수 있어 좋았다.

진정한 꿈은 불가능을 가능케 하고 기회를 찾아 노력하며 준비하는 자는 반드시 기회를 알고 잡는다는 걸 깨우쳤다.

월남에서 남편이 휴가 나왔다. 하루 쉬고 여행 준비를 하잔다. 친척들이 왔다는 소식 듣고 진을 치듯 집안 가득 모였다. 나와 형님은 음식 준비에 정신이 없다.

방 가득가득 친척들이 둘러앉아 얘기하고 선물 나누어 주며 웃음 소리 부엌까지 들린다. 안방에서 선물 받고 온 형님이 선물 없어지기 전에 얼른 가보라고 떠미는 걸 선물 하나쯤 남겨 놓겠지 하고 음식 준비에 바쁘다.

사람 좋아하는 남편이 원망스럽다. 둘이만 있었음 했다.

남편은 8년 만에 월남에서 나와 직장 다니다 병이 심해져 입원했다. 검사 결과 폐암 수술을 해야 한다고 한다. 응급실에 있다 독방으로 들어갔다. 고민하다 더 미룰 수 없다 하여 수술을 했다.

폐암 수술은 잘 끝났다 한다. 병 차도가 없고 심해져 다시 들어갔다. 의사가 와서 나더러 침대에 팔을 짚고 엎드리라 하더니 남편더러 그 위에 엎드리라 한다. 무슨 영문인지도 모르고 엎드리면서 물어 보았다.

왜 그러느냐고 물었더니 간단한 수술인데 마취를 할 수 없어 그런다 한다. 심리 마취로구나 짐작하면서 궁금해 또 물었다. 왜 등을 수술하느냐고 물었더니 수술의사 중 한 분이 실수를 하여 갈비뼈가 조금 금이 가 자꾸 염증이 생겨 수술해야만 한다는 것이다.

남편의 신음 소리 한 마디 없이 수술이 끝났다. 약 부작용으로 토해 병원에 들어가서 다시 약을 지어 왔다. 심해지면 병원에 들어가야 한다.

어느 때는 1인실을 못 잡아 4인실에 들어가 피곤한 나는 시멘트 바닥에 신문지를 깔고 자기도 했다. 겨우 1인실을 얻어 병문안 손님을 받았다. 사람 좋아하는 남편은 화색이 돌고 친구들 부부 회사원 매일같이 방문이다. 음식도 해 온다. 손님이 오면 피곤에 지친 나는 화장실에 신문을 깔고 다리를 주무르며 앉아 있다.

암

진통은
도마 위에서 튀는 생선을
난도질한다
늘어만 가는 진통제
세월을 앓으면서
생나무 부러지는 소리를 낸다
신들의 장기판 위에 있는
인간의 생명
끼어들어 연장할 수는 없을까
시시각각 타는 향불은
재로 돌아가는 죽음의 연습
할 수 있는 일은 무얼까
살려는 의지에 항암제 주사를 놓으면
머리를 쓰다듬을 때마다
뼈 아픈 세월이 빠진다

어쩌다 온 조카는 자기가 간병을 다한 것처럼 생색이다. 고모가 와서 가끔씩 교대해 주어 옷도 갈아입고 잠깐 쉬었다 집안일도 돌보고 간다. 고생이 말이 아니다. 많은 증권을 도둑맞았다. 몸이 피곤하고 아픈 나는 무엇이 또 없어졌는지 신경이 안 가고 모른다. 한강의 물을 바가지로 퍼내듯 병원비가 들어가고 앞으로 살날이 걱정이다. 서울대병원 앞 공원에 관광객들이 보인다. 부럽다. 나도 저렇게 관광 다닐 수 있을까, 공원을 산책할 수 있을까, 생각해 보니 앞으로 내게 없을 꿈인 것 같았다.

미운 정 고운 정 다 들은 시아버님은 돌아가시고 남편도 폐암 수술 후 3년 반만에 돌아가셨다. 남 말하기 좋아하는 사람들은 시아버님이 데려가신 거라고 소근거린다. 초상 다 치루고 친척 손님이 다 가고 나니 온 집안이 휑하다. 참고 참았던 서러움의 둑이 무너지듯 울어도 울어도 그치지 않는다. 애들 있을 땐 라디오 크게 틀고 울고, 세수하러 들어가서는 수돗물 틀고 울었다. 시집살이만 하다 남편과 제대로 살아보지도 못한 서러움이 복받쳐 눈물이 많다. 너무 외로워 가족을 사올 수 있음 사서 부쩍부쩍 일이 많아도 좋으니 다시 살고 싶다.

여러 해 지났으니 마음이 가라앉을 법한데 마음 둘 곳 없는 심사는 가슴이 뻥 뚫린 어둠으로 미칠 것 같아 살아보지도 못하고 보내야 하는 그리움은 가슴앓이를 한다.

남편 살아 있을 때는 외롭고 서럽고 그리우면 경치 좋은 곳에 앉아 음악을 들으면 위로가 되었고 안정이 되었는데, 경치 좋은 숲을 거닐거나 운동을 하면 위로가 되었는데, 또는 군중 속에 들어가 사람들을 바라보거나 또 얘기를 들으면 위로가 되었는데 어찌된 일일까, 마음 붙일 곳 없는 서러움과 외로움은 폭포수다.

어느 날 설경의 아름다움에 더욱 미칠 것 같아 무작정 여장을 꾸려 갈 곳이 없는 나는 산사를 향해 오른다. 지친 몸으로 절에 들어가니 방으로 안내해 준다.

당신

긴 인연의 고리 사랑의 족쇄에
갇혀 버린 답답한 가슴은
반기는 사람 없는 산사를 향해
미끄러지며 무릎까지 빠지며
부부의 정 다하지 못한 한
서러움으로 오릅니다.
눈꽃 핀 가지는 미치도록 아름다워
당신을 부르지만
산사의 밤 푸르도록 외로운 별빛에
생명의 뿌리가 뽑히는 통곡을 합니다
억겁 년 지나도 잊혀지지 않을 당신
자식 일로 고뇌할 때
꿈으로 오셔서 해결책을 주시는 당신
산 사람은 살아야 하는 세월
내 안에 살아 계시는 당신을 그리워합니다

큰 아들 애인이 가끔씩 찾아와 군대에 가는 아들 보는 듯 반갑고 사랑스럽고 음식도 곧잘 해 예뻤다. 휴가 나와서 결혼

하겠다 하여 아직 어리지만 결혼시켰다.

그 해 딸도 결혼시켰다. 돈이 있어서 결혼시켜야 한다며 서둘렀고 따지지도 않았다. 이젠 울지 않고 운동도 하고 살 궁리도 했다. 대학원에 입학해 공부에 열중하였다.

딸에게서 여행가자는 연락받고 딸도 손주도 보고 싶어 여행길에 올랐다. 호주에 도착해 집을 보니 문 앞 화단에 예쁜 꽃들이 피어 있고 아름다운 색을 한 새가 꽃 열매를 따 먹고 있다. 윙윙거리는 벌 소리, 향긋한 꽃향기, 이국의 정취를 느끼며 어렸을 때 공기와 하늘이 같다고 느끼며 집안에 들어서니 뒤뜰에 잔디밭이 넓고 빙빙 돌아가는 빨래대가 있다.

딸이 애들을 깨워서 호수에 모시고 가라 했다며 앞장을 선다. 호수에 도착하여 벤취에 앉으니 한가롭다. 새들이 땅위에 내려와 먹이를 달라는 듯 모여들어 빈손인 것이 미안했다.

다음날 빵을 챙기고 손주 남매 앞세우고 운동 삼아 호수에 갔다. 남매는 엄마와 자주 온 듯 오리들 성격을 파악한다. 큰 손주가 오리 엉덩이를 밀어 물에 넣으며 이 놈은 물에 들어가기를 싫어하며 사납다 한다.

집에 오는 길에 우리는 오리걸음 흉내에 깔깔대며 빨리 걸어 숨차 온다. 서울서 늘 혼자 산책했다가 손주들이 있어 참으로 행복했다. 호주에는 아름다운 색깔의 새들이 많아 새들의 천국이다. 남매는 새들의 이름을 대며 눈이 반짝 반짝 빛나면서 함박웃음을 짓는다. 학교 가는 길에 가방을 들어 주며 따라가 보았다.

아침 등굣길인데도 더웁다. 한낮엔 너무 더워 입에서 불이 난다며 물통과 모자를 꼭 써야 한다고 말한다. 저녁 8시 10분, 해가 질 무렵이면 풀벌레 소리에 귀가 아프고 머릿골이 아프다 한다. 믿기지 않아 했더니 사진을 보여주는데 방아개비만 하다.

호주의 11월은 한국의 3, 4월. 하루에도 사계절을 겪어야 하는 변덕스러운 날도 있다. 추웠다 더웠다 비가 왔다 우박이 내렸다 종잡을 수 없는 하루가 많다. 햇볕은 너무 덥고 따갑고 그늘은 시원하고 흐린 날은 춥다.

호주의 12월은 불볕더위에 크리스마스다. 여기선 제일 훌륭한 크리스마스 장식을 한 집을 골라 지역에서 상을 준다 한다.

호주는 바다 경치가 참 아름답고 화창한 날씨다. 하얗게 부서지는 파도를 보며 나를 닮았다는 생각을 한다. 하얗게 부서지는 아픔이 있을지라도 아름다운 진실이라면 두려움 없이 부서지는 파도가 자식을 위한 사랑으로 보여 닮았다는 생각을 한다.

자식 기르다 보면 회초리를 들고 또는 세상이 놀라도록 큰 소리를 치기도 한다. 바다는 생명을 잉태하여 품어 안아 기르기도 하며 두려운 아름다움으로 부서지기도 한다. 바다가 좋아 자주 찾는다. 호주는 초가을인 듯 봄인 듯하여 가로수 꽃들이 많이 피었다.

특히 보라색 꽃이 핀 가로수는 로맨틱한 심정을 자아내며 애끓는 듯 그리운 희망을 자아낸다. 하루 종일 앉아 바라보고 싶다. 애들 데리러 학교에 갔다. 기다리는 동안 정원을 산책

하는데 앵무새가 있다. 너무 아름다워 바라보다 글을 쓴다.

무지개 앵무새

일곱 빛깔 보석으로 장식한
인사하는 무지개 앵무새
반짝이는 화가의 눈빛도
두려워하지 않고 황홀한 모습 드러내
화폭에서 살아난다
새롭게 탄생하는 새벽 산책길
호주 교정에서 볼 수 있는 새
아름답고 황홀한 모습
날갯짓하면
일곱 빛깔 보석이 햇살로 피어나
학생들에게 꿈을 심어준다.

조용하고 쾌적한 생활 터전에 유학 이민 늘어나며 시골 넓은 들녘에 나무와 풀이 사라지고 집을 짓는 일꾼들이 커다랗게 틀어놓은 음악 소리에 예쁜 새들은 자취를 감추고 새들의 평화는 사라지고 노래하던 일꾼은 눈윙크한다.

월남에서 8년 만에 돌아온 남편과 제주도 여행길에 오른다.

오랜만에 예쁘게 단장하고 신혼여행보다 더 설레는 마음은 행복하기만 하다. 호텔에 여장을 풀고 바다로 나와 걸으며 밀착된 몸은 그리움에 사무쳐 '여보 사랑해요' 마음 깊이 수없이 반복한다. 호텔에 돌아와 남편은 씻으러 들어가고 어두운 창밖을 바라보며 파도 소리를 아름답게 듣는다.

남편이 다가와 껴안으며 애무를 하다 안아 눕힌다. 오랫동안 굶은 육신과 영혼은 강 속 깊은 곳에서 신음하듯 울리며 산울림은 거대한 요람을 흔든다. 새벽 파도소리 귓가에 머물며 햇살은 어루만지듯 잠을 깨운다.

햇살

따뜻한 햇살을
해바라기하고 있으면
내 속에 살고 있는
당신의 모습
당신의 언어들이
피부 속 근육에
뿌리로 내려
햇살은 따뜻한 눈빛으로
가득히 돌아오고

알찬 시간 속으로 날 일으키는
생명으로 우거진 찬란한 빛이 된다

바보 같은 삶을 살았지만 할머님과의 약속을 지킬 수 있어 만족하고 형제들에게 피해가 되지 않고 진실하게 살았음을 감사한다. 최선을 다하고 살았으니 후회하지 않는다.

形而上學派 全仁淑 詩의 特色

— 전인숙 제6시집 《장미 몽파르나스》의 시세계

石蘭史 이수화
(詩人 · 문학평론가 · 한국문협 · PEN원임부이사장)

이번 전인숙 제6시집 《장미 몽파르나스》(2014, 한누리미디어刊)에는 형이상학파시形而上學派詩(Metaphysical school poetry)기법 소산의 텍스트군(作品群)이 그 주종을 이루고 있다. 그것은 전인숙 시(全仁淑 詩人의 詩)가 장장 4반세기를 훨씬 상회하는 30년 시력詩歷의 결정체結晶體이며, 아름답고도 휘황한 상징象徵으로 읽히는 연금술 언어의 보고寶庫일 터이다. 직핍하게 全仁淑의 형이상학파시(Metaphysical school poetry)부터 검색해 본다.

낙상해 수술 후 지옥 같은 세월
전신 마취 대수술 일년 육개월 만에
다시 염증 수술 효심과 돈은
병원 재활의학과 전전
지옥을 헤매는 고통의 세월

끔찍한 검사는 고문하듯 전신을 뒤진다
병원 지시 따라 간병인에 의해 이루어지고
돈을 지불하고 고통을 참아야 한다
신음, 약물주사, 환자들의 짬뽕된 오물 악취
맑은 공기, 하늘, 푸른 나무, 꽃, 자연이 그립다

죽고 싶도록 살고 싶다 집에 가고 싶다
1. 생각을 버리고 2. 잘 먹고 3. 잘 자고 4. 잘 싸면
살아 집에 갈 수 있단다
죽기를 원했으나 마음 바꿔 고통을 참고 운동을 한다
글도 쓰고 여행도 가고 못해 본 일을 다 하리라

– 〈낙상〉 全文

全仁淑 詩의 위 예시例詩는 그의 형이상학파詩와 주지주의 詩 교양의 멘토인 셈인 엘리어트가 주된 주제로 취택한 생生과 사死, 성聖과 속俗, 이상理想과 현실現實, 시간과 영원의 역설적逆說的 관계를 취급한 일련의 사실(Fact)과 관련된다. 생生과 사死, 이상과 현실의 문제다. 낙상 치료를 위해 병원에 입원, 수술 가료를 경험한 화자[人間]의 심리 속에서 작용하는 주관적인 의식과 객관적인 의식의 상극상相剋相(不調和 · 不條理)을 극화劇化한 시詩이다. 이 시에 등장하는 '화자' 와 '환자' 는 한 자아自我의 분열된 양면을 대표하는 두 사람 아닌 두 사람으로서, 이 두 자아는 한쪽이 낭만적인 충동에 사로잡힐 때에 다른 한 쪽은 객관적인 비판자의 위치에 서기 때문에 양쪽의 조화를 가하지 못하여 역설적인 대립상을 드러낸다.

이렇게 죽음과 지옥을 느끼면서 진정한 생生을 생각(제3 스탠자)하고, 그 참된 생生을 이상理想(2연 후말 행과 최종 연)으로 추구할 때, 동시에 예시는 현실적인 죽음을 생각하지 않을 수 없는 인간의 역설적인 상황을 명징하게 형상화하고 있는 것이다.

이같은 내용과 표상화는 이른바 앨런 테이트가 말하는 텐션(tension)론論의 특색을 구현해 성취하고 있는 全仁淑 詩의 특질 중 하나이겠다. 그것은 그가 이 시에서 모든 훌륭한 시들의 특징적 공통요소인 시의 두 가지 속성屬性인 시의 외연작용外延作用(extension)과 내연작용內延作用(intension) 기법을 잘 구현하고 있다는 사실이다. 全仁淑 시인은 이 시에서 외연작용인 낙상으로 하여 입원수술로 가료받으며 경험한 지옥살이와 그것을 극복해 이상적인 생生을 꿈꾸는 시의 속성으로서의 표시적表示的 기능機能을 성취한다. 그리고 내연작용의 암시적暗示的 기능機能을 살리고 있는 것이, 병원의 수술, 재활의학과 전전으로 암시되고 있는 지옥 같은 입원 생활이다.

그런데 이와 같은 全仁淑 詩의 특성이 안고 있는 텐션론의 결론은 현대시(모더니즘시, 주지주의시)의 제3의 속성 즉, 시가 의미하는 외연과 내연 어느 쪽도 아니고 이 둘이 작용해서 만들어내는 것으로 예시에서처럼 우리의 감정(병원 지옥 같은 상황)과 이성理性(잘 극복해 퇴원 후 누릴 수 있는 이상理想(꿈)을 잘 조화시킨 미학으로서의 '제3의 속성'을 말한다. 이 전인숙 시인의 시가 성취한 두 가지 극단적인 속성(외연과 내연)이 통일되어 생기는 새로운 역학적인 '긴장상태'(tension)가 바로 '시의 참모습'이며, 엘리어트의 이른바 사상思想과

감정感情이 통합된 감수성感受性의 이론理論이며 방법方法이다. 그리고 全仁淑 시인은 이 시에서 염증 수술을 받는 효심과 돈이 지옥을 헤매는 고통의 세월(첫연)을 참아야 하는(제2연) 역설, 제3연의 1~4행과 같은 병원 재활수칙 같은 것은 저 형이상학파시의 전가의 보도인 컨시트(conceit · 奇想)에 아름다운 형이상학파시의 특색을 잘 구현하고 있는 것이다.

눈이 나리네
설경의 아름다움에 취해
시가 나리네

함박눈이 쌓이네
나뭇가지에 벚꽃이 핀 듯
휘어질 듯 눈이 쌓였네

– 〈겨울 공원〉 全文

예시 〈겨울 공원〉은 이 시집 메타 텍스트 《장미 몽파르나스》에 가장 직핍한 암시暗示로 꼽을 수 있는 시이다. 첫 스탠자의 눈과 시를 동일시하고 있는 것이나, 제2 스탠자의 쌓인 함박눈을 벚꽃에 비유하고 있는 그것이 아름다운 시의 축적임을 유추케 하는 암시暗示 또는 은유隱喩이며, 全仁淑 詩의 또 다른 특색 중의 하나인 현대시 암시기법에서 발생하는 아우라이즘(분위기 느낌 · auraism)의 소산일 터이다. 이 또한 全仁淑 시인의 형이상학파시가 발현해 주는 특색으로 눈의 강설降雪을 시의 창생創生으로, 함박눈의 그것을 벚꽃의 시詩로

변화시키는 놀라운 존재 전위轉位의 컨시트 처리는 그의 이상理想과 영원永遠 지향의 시정신의 도저함이 얼마나 일상 감정과 적절히 위일융합할 수 있는지를(시로 살아온 삶을) 매우 아름다운 미학으로 보여주는 특성이 아닌가 싶다.

등을 따끈따끈 햇살에 쪼이며
꽃잎을 어루만지고 있는 노부부 맹인

온 세상 평온함이
꽃잎처럼 부드럽구나

맹인과 분수를 바라보며
나도 닮아간다

– 〈맹인 노부부〉 全文

예시例詩는 全仁淑 詩의 앨런 테이트 텐션 기법과 형이상학파시 특색이 잘 혼융된 시로서 인간 삶의 곡절 많은 생애를 쌓아온 어느 그윽한 시점의 평온함이 잘 그려진 시라 하겠다. 테이트가 말하는 이 시의 외연(表示的 機能)은 화자가 분수가 있는 공원 화단에 앉아 꽃잎을 어루만지고 있는 것을 보며 깨닫는 심회이다. 그리고 그와 같은 정경을 보고 깨닫는 화자의 심회의 안온함이 그 내연(暗示的 機能)으로 되어 있다. 그렇다면 이 두 요소가 합쳐 테이트의 지론처럼 어떤 제3의 요소(김장감 · tension)가 창출되어야 마땅할 터인데, 과연 그것이 있기나 한 것인가. 없다면 이 시는 실패한 것일 터이나—

사실 그것은 엄연히 존재하고 있다. 바로 제3연 "맹인과 분수를 바라보며" 화자가 그들을 닮아간다는 대상과 자아의 동일성 성취다. 맹인 부부의 볼 수 없는 감정간에 절망하지 않는 '평온한 삶' 과 그 극기의 삶을 힘차게 상징해 주는 분수의 병치적竝置的 비유로써 화자는 삶의 고난 극복과 새로운 삶의 지향 의지를 각성해 가지는 것이다. 이처럼 형이상학파시의 컨시트(맹인부부)와 텐션 기법을 조화롭게 융합시켜 인간 삶의 한 그윽한 깨달음의 모습을 그려내고 있는 全仁淑 詩의 형이상학과 기법의 특색은 현단계에서 정체되어 있는 한국 현대시의 돌파구 마련에 있어 매우 고무적인 현상이 아닐 수 없겠다. 이제 그 버라이어티(variety, 다양성)에 착목해 보기로 한다. 행두 번호는 평설자 몫이다.

① 단 향기에 발을 멈추고 바라보니
작은 꽃송이 모여 큰 꽃봉오리
참으로 아름다워라
키 높여 꽃에 뺨을 부비면
아카시아 향기에 취하네
잎을 따며 가위 바위 보
놀던 친구가 그리워지네

뻐꾸기 소리 따라
등나무 아래 휴식을 취하니
향기로움에 고개를 들어 보네
오—우 너무 예뻐라

막 피어난
수많은 등꽃이 등불처럼
황홀히 켜 있네

– 〈오월의 향기〉 全文

② 연못 분수의 물이
자갈 위로 흐르며 자갈거려 흥겹고

버들강아지와 개나리꽃이
동요 따라

뒷다리가 쏘옥 앞다리가 쓰윽
노래하며 춤추는 듯 즐겁네

– 〈공원으로 오라〉 3~6연

③ 사무치도록 그리운 날
꽃이여 내 눈을 보고 말해요
이젠 외로워하지 말라고

이처럼 사무치는 봄날
손잡고 꽃길을 걸을 수 있는
임이 계신다면 얼마나 행복할까

임은 오시지 않고
꽃눈만 나리네

꽃은 아픔을 치유하듯 향기롭네

– 〈그리운 날〉 全文

이렇게 ① ② ③ 세 편의 仝仁淑 詩를 나란히 병치해 보면, 그의 시가 사상思想이나 정서情緖를 이미지로 말해 주고 있다는 특성이 확연해진다. 예시 ①에서의 아카시아꽃 향기와 등꽃 향기, 그리고 등불같이 황홀하게 핀 등꽃의 취각 이미지와 시각 이미지의 공감각共感覺적인 조소성彫塑性 창출은 읽는 이의 추억으로 자리잡은 우정 정서를 손에 잡힐 듯 절묘하게 표상해 준다 하겠다. 이는 앨런 테이트의 내연과 외연의 적절한 통합에서 발현해내는 솜씨의 결과물인 것이다. 예시 ②의 첫 연 제2행에서 보이는 공감각적 이미지의 조성은 언어를 즐겁게 회화시키는 펀(pun) 기법도 뛰어나고, 2연과 3연에 보이는 동요 같은 패러디 기법 또한 생동하는 시의 미학을 만끽하게 하고 있다. 예시 ③은 거의 격정적 외연 위주의 본보기 텍스트가 될 터이다. 바로 군더더기 진술陳述이나 난삽한 암시暗示(內延) 없이도 화자의 결핍감, 존재의 부재감에서 오는 방황의식의 정제적 구원 의지가 잘 표상돼 있다. 그리하여 영원히 합칠 수 없는 이원론적二元論的 양성(男女兩性)의 실체적實體的(ontological) 파악이 형이상학파시가 가능함을 실제 텍스트로 발현해 보인다. 가령,

고양이 두 마리
서로 털을 부빈다
부드러운 봄의 감촉

잠자리 빙빙 돌다
또 한 마리
서로 꼬리를 물고 돈다

봄은
둘이 하나가 되나 보다
노닐다 서로 사랑하나 보다

짐승도 곤충도
둘이 하나 됨을 아는데
왜 뜨거운 눈물
목 줄기를 타고 내릴까

– 〈봄〉 全文

이 시의 외연은 봄날 암수 두 마리 고양이가 교접하는 모양을 보고 화자가 느끼는 영장류 인간의 영원히 합칠 수 없는 이원론적 존재론의 비애를 내연으로 암시해 보여주고 있다. 예시의 이러한 텐션의 미학은 2~3연의 서스펜스 넘치는 양성 교접과 최종 연의 하나의 미해결의 상태를 표상하는 미학과 같은 컨시트로 인해 이 시는 훌륭한 형이상학파시(形而上學派詩, Metaphycial school poetry)로서 전범임을 과시한다.

이상과 같이 예시들의 세부를 분석해본 결과 全仁淑 詩의 형이상학파시적 특색은 텍스트군群 개개의 성취도에서 뿐만 아니라 그의 포에지[시정신 · 詩精神]의 견실성, 그 광정匡正한 전향성前向性을 읽기에 충분하다 하겠다. 이제 또 한 편 상징

시로서 자질이 뛰어난 시 한 편에 주목하면서 全仁淑 시인의 형이상학파시 특색을 살펴본 글가름에 이를까 한다.

온종일 바다만 바라본다
빈 손에 모래가 가득하고
빈 가슴에 파도가 가득하다
눈이 부시는 파도 소리
온 하루 파도 소리를 듣는다
내 전신에 가득히 파도 친다
꿈속에서도 파도를 만난다
내가 파도가 되고
당신 또한 파도가 되어 만난다

– 〈바다〉 全文

이 시는 상징시여서 내외연內外延을 따지기에 앞서 한 눈에 그 주제와 내용을 파악하게 될 터이다. 화자가 하루 왼종일 바닷가에서 파도를 바라보다가 마침내 파도가 된 '당신'과 하나가 되는 엑스터시의 세계이다. 참으로 황홀한 허무주의 극복의 이른바 영겁회귀 사상의 형이상학파시 성취의 사례라 하겠다. 넷째 행의 이미지 "눈이 부시는 파도 소리"와 같은 공감각共感覺(synesthesia) 수법은 다시금 全仁淑 詩의 활달한 모더니즘 시 기법에 놀라게 되거니와 이 시의 니체 허무주의 극복의 영겁회귀 사상 표상의 테마는 형이상학파시 시인들에게서도 그리 쉽게 만나지 못하는 대목일 터이다.

영겁을 두고 밀려왔다 밀려가곤 하는 파도의 행위 모습이

야말로 우리 인간의 덧없는 삶의 상징임에도 예시의 화자와 같이 끊이지 않고 허무함의 반복을 거듭하는 성실함이 바로 니체의 니힐리즘 극복 태도(stance)인 것이며 全仁淑 시인이 보여주는 지향적 전향성의 시학이 아닌가 한다.

마침내 형이상학파시, 텐션론의 시, 상징시의 역작시 창작 노정을 관통하면서 이 全仁淑 제6 詩集의 포에지[詩精神]는 허무사상을 극복하는 상생相生의 이원적二元的 체계로 그 미학 세계를 전환하였으니 앞으로 더욱 선명하고, 긴장되고, 간결 명쾌한 시풍詩風을 열어 보일 것으로 기대해 마지 않는 바이다.

찬조작품

Foreign School

외국인학교

허정은 작

〈100분 영화 시나리오〉

외국인학교

허정은

〈주제〉

한국학교나 외국학교나 학생들에겐 Mentor가 중요하다.

〈작의〉

한국 속의 외국인학교 정말 그곳엔 학생들이 정말 외국인일까? 아니다. 거의가 한국인이다. 그들이 외국인학교를 갈 수밖에 없고 그들이 겪는 고충은 일반계 고등학교와 또 다른 고충들이 있다. 학부모나 학생들이 부러워하고 선망의 대상의 학교 과연 좋기만 할까? 이 시나리오는 실화를 바탕으로 픽션화한 것이다.

〈등장인물〉

류진(남, 19세 외국인학교 11학년)
키딩(이범수)(남, 15세, 35세, 외국인학교 카운슬링선생, 류진의 멘토)
캐서린(여, 18세 외국인학교 11학년, 제임스의 여자친구)
토니(남, 18세 외국인학교 11학년 류진의 안티)
제임스(남, 18세, 외국인학교 11학년, 류진의 베스트프랜드)
과학선생님(미국), 수학선생님(미국), 교장(미국학교), 농구코치(미국),

입학담당 선생님(한국), 교장(한국학교), 체육선생(한국), 마틴, 헤롤드, 해나, 이제니, 발키리, DK, 농구부 아이들(미국), 책스클럽 회장, 학급위원, 학생1, 학생2, 다수의 학생들, 류진부모, 키딩부모, 항공사직원, 항공사매니저, 존목사(키딩의 멘토), 형사, 치코, 깡패, 사장, 브로커, 매니저, 연주자들

〈**줄거리**〉

이건 현실이 아냐 악몽일 뿐이야

류진이 샌프란시스코에서 한국 유학생이 미국 대학에서 총으로 친구들을 죽인 사건 때문에 억울하게 추방을 당해 한국 외국인학교에 오게 된다.
그러나 한국 학교에서도 입학담당 선생님이 류진이 총으로 자살하려 한 학생이라고 정신적으로 문제 있는 아이라 받아들일 수 없다고 반대를 하지만 키딩선생님 도움으로 학교에 입학을 한다.

류진에게서 과거의 자신을 보는 키딩

키딩은 류진에게서 자기가 미국에서 있을 때 방황하던 모습을 본다. 그때 자신을 이끌어 주었던 멘토선생님인 존 목사를 떠올리게 되고 존 목사님이 동참하자던 프로젝트를 생각해내게 된다.
그래서 키딩은 류진을 통해 프로젝트를 완성하려고 한다.

류진의 닫혀진 마음

가장 친한 친구 제임스가 캐서린 때문에 류진을 질투해 배신을 한다. 베스트 프랜드에게 상처받고 외국인학교에 오게 된 류진은 주위의 모든 사람들에게 가시복어처럼 방어를 한다.
키딩은 그러한 류진의 맘을 자꾸 두드린다.

류진의 시련

키딩선생님은 류진의 맘을 열기 위해 깊은 관심을 쏟게 되고 이를 질투하는 토니는 류진을 괴롭힌다.

결국 류진은 토니와 싸움을 하게 되고 퇴학당할 위기까지 몰리나 키딩선생님 도움으로 퇴학은 면하게 된다.
류진은 유일하게 자신을 믿어준 키딩선생님에게 맘을 연다.

캐서린과의 재회

류진을 좋아했던 캐서린이 류진과 꿈을 같이 이루기 위해 한국으로 유학을 온다. 그러나 류진은 캐서린을 보면 과거의 상처가 생각나 피하게 되고 캐서린은 외국인학교에서 마틴에 의해 왕따를 당한다. 그리고 캐서린과 키딩선생님이 친한 것을 보고 류진은 키딩선생님에게 다시 맘의 문을 닫아버려 키딩선생님을 안타깝게 만든다.

폐품 같은 아이들에게 희망을

키딩선생님은 류진을 보고 학교에서 적응 못하는 아이들을 이대로 방치할 수 없음을 느끼고 그런 아이들을 모아 크리스마스 연주회를 구상한다. 그러나 아이들은 서로 화합이 안 되고 마침내 류진은 아이들과 트러블이 일어나 튕겨 나가게 된다.
키딩선생님은 악기를 다룰 줄 모르는 아이들 때문에 고민을 하다 공원에서 우연히 보았던 폐품을 이용해 아름다운 연주를 했던 것에 힌트를 얻어 자신들도 쓰레기라 여기고 방황하는 아이들에게 자신을 사랑하고 희망을 심어주고 주위 사람들에게 폐품 취급받는 아이들을 한 사람의 당당한 인간으로 인정받게 하기 위해선 좋을 거라 생각을 굳히고 추진을 해 나간다.

캐서린의 사랑

한편 키딩은 류진이 더 이상 연습에 빠지며 F학점으로 낙제 위기에 처하는 상황을 두고 볼 수 없어서 튕겨나간 류진을 데려올 요량으로 류진을 자극하게 되고 그로 인해 류진은 폭팔하여 키딩에게 덤비지만 캐서린의 사랑으로 맘이 녹아내린 류진은 뒤늦게 친구들에게 돌아오고 친구들은 말없이 류진을 받아들여 연주회는 객석의 사람들 마음까지 시원하고 통쾌하게 만들어 성공적으로 마친다.

다시 찾은 아버지의 사랑

얼마 후 류진의 부모님이 류진을 찾아온다. 아버지의 손에는 MIT 로고가 박힌 편지봉투!

그러나 류진은 합격통보는 뒷전이고, 뜨겁고도 긴 포옹을 한다.

류진의 아버지는 자포자기해서 엉망이 되어 있을 줄 알았던 아들이 다시 일어나 아름다운 연주회를 완성한걸 보고 눈에 눈물이 맺힌다.

그리고 류진은 캐서린과 꿈을 이룬다.

#1. 외국인학교 앞 – 하교풍경

학교 시계탑, 오후 3시.

고급외제 자동차들이 즐비하게 늘어서 있다.

학생들, 밀물처럼 몰려나온다.

부모님 손잡고 나오는 유아들은 국적이 다양한 외모들.

초, 중학생들은 자유복에 개성이 넘치고 머리도 각양각색.

스쿨버스나 승용차로 학생들 삽시간에 사라지고 뒤이어 나온 고등학생들, 삼삼오오 "당구장" "영화관" "PC방" 각자들 외치며 의견들을 조율하는 모습. 그들을 지나쳐 교문 안으로 들어가는 류진의 모습 위로 ***FOREIGN SCHOOL(외국인학교)***

#2. 외국인학교 교장실 밖 – 복도

교장실 문패, 문 옆 의자, 류진이 힘없이 앉아 있다. 류진은 까만 머리에 진한 눈썹에 이목구비가 또렷한 아이지만 많이 지친 모습. 가끔 교장실 안에서 들리는 소리에 귀를 기울이다 초조한 듯 손톱을 물어뜯기도 한다.

#3. 교장실 안

류진의 엄마와 입학담당 선생님은 회의용 테이블에서 이야기 중이다. 입학담당 선생님 옆으로 교장선생님이 서류를 한 장씩

넘겨보고 있다.

입학담당교사 (여성스럽게) 아, 글쎄, 학부모들이 가만 안 있는다구요!

류진모 그런 문제라면 제가 일일이 만나서 오해를 풀게요!

#4. 계단

키딩, 토니랑 나란히 앉아 있다.

토니, 고민 있는 심각한 표정이다.

키딩, 토니를 따뜻한 시선으로 보면

토니 선생님!

키딩 (토니의 머리를 짓궂게 흩트리듯 쓰다듬으며) 그건 내가 말한 대로 처리하고 잘 안 되면 내 교실로 와라.

키딩선생님, 토니의 어깨를 툭툭 치며 잘 할 수 있지? 하는 표정을 지으며 주먹을 쥐어 보인다.

토니 선생님 고맙습니다!

토니, 키딩에게 인사를 하고 계단으로 올라간다. 키딩, 생각난 듯 손목시계를 보고 구르듯 계단을 뛰어 내려간다.

#5. 교장실 앞 복도

얼굴에 긴장이 역력한 류진, 무릎 사이에 머릴 파묻는다.

복도로 막 뛰어든 키딩, 류진을 발견하고 누군가? 하는 얼굴로 걸어온다.

키딩의 등장을 모르는 류진, 한 손으로는 머리카락을 비틀고 다리는 연신 떨어댄다.

#6. 교장실(안)

교장, 서류를 볼펜으로 툭툭 치며 손목시계를 본다.

입학담당, 서류철을 탁! 닫고 일어선다.

류진모 (입학담당을 막아서며) 우리 아인 그런 아이가 아니예요. 그건 오해예요. 우리 류진이는 억울하다구요. 그 일 때문에… 류진은 너무도 큰 상처를 받았는데…. 여기서 안 받아준다면 한 아이를 사회에서 매장시키는 것과 뭐가 다르죠?

교장 (입학 담당에게 자리에 앉으라는 손짓하며) 자, 우선 진정하세요!

입학 담당, 마지못해 자리에 앉으면

류진모 선생님께서도 우리 아이 리포트를 보셨듯이 성실한 아이라 써 있고 성적도 전체가 A+로 최고죠?

교장 (성적표를 들여다보며) 네 그렇게 되어 있네요.

류진모 선생님들은 하나같이 퍼팩트, 원더풀하면서 저희 아이를 좋아했답니다. 그런데 한국 대학생이 대학교에서 총기를 난사하여 많은 학생들이 죽은 사건이 있었죠.

교장 네 저도 그 뉴스 보았죠.

교장, 류진모 말에 귀를 기울인다.

류진모 그 후부터 학교에서 한국 학생이란 이유로 선생님들은 차가워졌고 친구들이 왕따를 해서 많이 힘들었답니다.

교장 저런 세상에… 너무들 하는군.

류진모 그런데 가장 친하게 지내던 친구마저 외면을 해 스트레스가 최악의 상태까지 왔고 저희 아이는 너무 힘들어 그 친구에게 문자를 보냈답니다.

교장 그래서요, 뭐라고 보냈나요.

입학담당 선생님이 교장선생님을 푹 찌른다.

류진모 그 문자 내용인즉 "총이라도 있으면 콱 죽어버리고 싶은 마음이야! 정말 너무 힘들어!" 그런데 학교에선 총기난사 사건 있었던 후라 총이란 단어에 민감하게 반응을 한 거죠.

교장 세상에 그럴 수가…….

류진모 선생님도 아시잖아요. 한국 사람들이 자주 쓰는 말 중엔 힘들어 죽겠다, 좋아 죽겠다, 이뻐 죽겠다 하는 말이 있잖아요.

교장 네 저도 가끔 쓰죠. 우리 이쁜 딸 보고요. (얼굴에 흐뭇한 미소가 돈다)

류진모 저희 아인 다만 자기가 얼마나 힘든지 그걸 강조해서 쓰다 보니 총이란 단어가 들어간 것뿐인데… 총으로 자살하고 싶을 만큼 힘들다고요.

교장 네. (고개를 끄덕인다)

류진모 주위의 상황들이 얼마나 힘들었으면…….

교장 무척 힘들었나 보군요.

류진모, 눈물이 나와 말을 잇지 못하고 교장은 휴지를 건넨다. 류진모, 눈물을 닦으며…. 류진모는 넘치는 울음을 삼키고 다시 말을 잇는다.

류진모 선생님들은 그 단어 하나 때문에 저희 아이를 무서워서 가르칠 수 없다고 거부했고 전 그런 학교에 저희 아이를 더 이상 맡길 수 없어 자퇴서 쓰고 한국으로 데리고 왔죠.

교장 네~! 그렇게 된 거로군요. (고개를 끄덕이며)

류진모 그런데 저희 아이는 제가 가슴 아파 할까 봐 제 품에서 맘껏 울지도 못하고, 저보곤 걱정 말라고 해놓고 혼자서 밤늦게 이불 뒤집어쓰고 숨죽이고 꺽꺽대며 우는데 전 가슴이 천 갈래 만 갈래 찢어지고 하늘이 무너지는 것 같았습니다. 하지만 아들이 우는 걸 들키고 싶어 하질 않아 모른 척하였죠.

류진모, 눈물을 흘린다.

교장, 휴지를 상자채로 준다.

류진모, 휴지를 빼서 눈물을 닦으며 코를 푼다.

#7. 교장실 문 앞

류진모의 말소리들이 또렷이 들려오는 가운데, 류진 옆에는 키딩선생님이 서 있다. 그러나 류진은 고개를 파묻고 앉아 키딩선생님이 옆에 있는지조차 모르고 있다.

류진모 (소리만) 네 우리 류진이는 그렇게 착한 아이랍니다. 선생님!! 그런데 단어 하나 잘못 썼다고 이렇듯 저희 아이가 상처받고 생매장 당해야 하나요? 구렁텅이에 빠진 아이도 건져서 바른 길로 이끄는 게 교육자의 도리가 아닌가요. 간신히 구렁텅이에서 기어나오는 아이를 다시 구렁텅이 속으로 밀어 넣으셔야 하나요? 제발 저희 아이에게 기회를 주세요. 실망시키지 않을 것입니다.

교장, 난감한 듯 입학담당 선생님을 쳐다본다.

#8. 농구장(회상－이하 대사 영어)

류진은 여느 날과 마찬가지로 제임스와 농구를 하며 즐거운 시간을 보낸다. 그 때, 우르르 몰려 온 학생들.

학생 제임스! 담임이 찾아. (제임스 팔을 끌고 간다)

#9. 운동장

학생들은 제임스에게 신문과 휴대폰, 인터넷에 올라온 한국인 유학생이 일으킨 충격사건을 보여준다.

류진은 홈룸으로 들어가다 제임스가 친구들과 신문을 보고 있는 것 같아.

류진　(웃으며 다가서며) 제임스 뭐 봐?

학생들은 신문을 숨기며 슬금슬금 자리를 피한다.

제임스　(흠칫하며) 아… 아니! (애들과 함께 자리를 피한다)

이상한 생각이든 류진 홈룸으로 향한다.

#10. 복도

류진을 보고 슬금슬금 피하는 학생들.

류진과 신문을 번갈아보며 소곤대는 학생들. 류진은 뭔지 모를 이상한 기분이 들어 기분이 나빠 얼굴이 어두워진다.

#11. 홈룸교실

교실에 들어온 류진은 웅성거리며 자신을 피하는 학생들을 이상한 듯 쳐다본다. 학생들의 그러한 행동을 보다 못한 캐서린.

캐서린　(신문을 보여주며) 여기 기사 좀 봐.

류진　(신문을 받아들어 보며) 어디?

캐서린　(손가락으로 한쪽 기사를 짚으면서) 한국 남자 유학생이 대학교에서 친구들에게 총기를 난사해 많은 사상자가 발생했대.

류진, 신문 기사를 읽으며 점점 얼굴이 상기된다.

류진, 아무 말 없이 밖으로 나간다. 수업종이 울린다.

#12. 락커 앞

류진, 락커 문을 열고 다음 시간 책을 빼는데, 어느 사이에 온 캐서린.

류진　(캐서린을 보며) 아까 알려줘서 고마웠어!

캐서린, 서둘러 책을 빼서들고 그 자리를 피한다.

류진, 사라져가는 캐서린의 뒷모습을 보며 얼굴이 어두워진다.

#13. 과학교실

과학교사, 학생들이 들어와서 자리에 다 앉자 학생들을 둘러보며.

과학교사　여러분 이제 곧 싸이언스 페어가 와요.

학생들　네(달가워하지 않는 목소리로)

과학교사　여러분 팀을 만드셨나요?

학생들　(양옆을 본다) …!

과학교사　(종이를 주면서) 그럼 지금 팀을 만들도록 하죠. 자기 학년끼리만 짜지 말고 다른 학년도 포함하세요.

학생들　몇 명이요.

과학교사　최소 인원은 2명!

교실은 팀을 짜느라 술렁인다.

그런데 아무도 류진과 팀을 짜려 하지 않는다.

류진이 팀을 짜려고 다가가면 모두 등을 돌리며 딴청을 한다.

팀이 거의 다 짜졌다.

과학교사　요번 건 점수가 큰 것 다 알지? 프로젝트 안 낸 사람은 학점에 큰 타격을 입을 거야 명심해!

류진　저 선생님~(풀이 죽은 얼굴이다)

과학교사　(주위를 둘러보며) 왜 류진이랑 할 사람 없어?

학생들　(아무 말 없이 쳐다만 본다)

과학교사　(난감해하며) 류진 어떡하니 내가 강제로 팀을 짤 수도 없고 넌 혼자서 할 수 있는 프로젝트를 찾아보렴.

류진　자기 자리로 돌아간다.

과학교사　다음 시간까지 기획서를 써오도록.

학생들　기획서엔 무엇을 적어오나요.

과학교사　전에도 말했다시피 실험예상, 준비물, 하는 방법, 실험의 목적 이 정도로 적어오도록.

류진이 고개를 떨구고 힘없이 앉아 있다.

캐서린은 안타까운 듯 보다가 이내 친구들과 어울린다.

#14. 수학교실

수업이 끝나자 학생들은 썰물 빠지듯이 교실을 나간다.

혼자 남은 류진은 선생님에게 질문을 하러 다가선다.

류진 선생님!

선생님 (깜짝 놀라며) 너 아직도 여기 있니?

류진 선생님 질문해도 될까요.

선생님 (당황하며 서랍에서 지갑을 꺼내 들며) 류진아 오늘 선생님이 바빠서 도와줄 수가 없구나. 미안하다. (교실 밖으로 서둘러 나간다)

허둥대며 나가는 교사의 뒷모습 위로 류진.

플레시백(흑백영상처리) 류진이 문제를 풀고 있는데, 하지만 쉽지 않다.

수학교사 다가와서 친절히 도와주는 모습이 떴다가 사라진다.

#15. 과학실

류진이 실험을 하다 안 되는 게 있어 도움을 받으려고 과학실로 들어서며

류진 선생님!

선생님 (류진을 쳐다본다)

류진 이 실험을 하는데 이 부분이….

선생님 (류진의 말을 자르며) 류진 모두에게 공평하게 해야 함으로 너만 도와줄 수 없구나. 같이 할 친구를 다시 찾아보는 게 어떻겠니?

류진, 실망한 듯 교실을 나가며 뒤돌아 선생님을 다시 한 번 보면서

플레시백(흑백영상처리) 류진이 실험하다 실험기구를 잘못 다루는 걸 보고 선생님이 다가와 친절하게 가르쳐주는 모습이 떴다가 사라진다.

#16. 카페테리아

류진, 축 처진 어깨로 점심을 먹기 위해 카페테리아로 들어선다. 류진, 식사를 들고 주위를 둘러본다.

류진, 제임스와 캐서린을 발견하고 미소를 지으며 다가간다.

제임스, 류진을 보자 밥을 먹다 일어나서 캐서린을 끌고 나간다. 류진, 주변을 둘러보면 모든 학생들의 차가운 듯한 시선.

류진, 실망하고 밥을 먹지도 않고 갖다 놓고 밖으로 나간다.

#17. 학교 외진 곳

류진, 발끝으로 땅을 툭툭 차며 휴대폰을 만지작거리다가 벤취에 앉아 휴대폰 버튼을 누른다. 액정 '제임스' 뜬다.

"총이라도 있으면 콱 죽어버리고 싶은 마음이야! 정말 너무 힘들어!"

아무런 답장이 없자. 류진 눈물을 떨구며 다시 문자를 날린다.

"제임스 넌 내 유일한 친구야 제발 너만은… 부탁이다."

잠깐 사이 휴대폰 메시지 도착음.

류진, 활짝 웃으며 휴대폰 보면 광고용 메시지 서성거리는 류진 위로 서서히 물드는 저녁노을. 류진의 어깨가 흔들린다.

#18. 복도

캐서린, 제임스의 손을 뿌리치면, 오가는 학생들 힐끔 본다.

캐서린　너 너무한 것 아냐?

제임스　(캐서린을 쳐다보며) 뭐가?!

캐서린　넌 류진의 제일 친한 친구잖아! 그리고 그 사건은~ 류진이 한 것도 아닌데, 류진이 한국인이란 이유만으로 따돌리고 멀리한다는 건 말이 안 되는 것 아니니?

제임스　너가 신경 쓸 것 없잖아.

캐서린　제임스!! 너가 진정한 남자라면 친한 친구가 힘들 때 옆에서 같이 싸워야 하는 것 아냐?

제임스　(화를 내며) 근데 너가 왜 그걸 신경 써!!!

캐서린　우린 친구잖아.

제임스　(흥분한 목소리로) 우리! 우리라고!!? 언제부터 우리야!! (목소리가 커진다) 넌 내 여자 친구지 류진의 여자 친구가 아냐!!

캐서린　(당황하며) 내가 어떻게 너 여자 친구니! 그냥 우린 친구일 뿐이야!

제임스, 화를 폭팔하며 옆에 걸려 있는 거울을 주먹으로 친다. 주먹에선 피가 나고 거울이 박살난다.

캐서린, 놀라서 사색이 된다.

제임스, 캐서린이 놀라는 모습을 보고 당황해서 캐서린을 놔두고 농구장으로 달려간다.

#19. 체육관 락커룸

손에 붕대를 감은 제임스, 옷을 갈아입으려다가 류진의 락커를 보고 주먹으로 락커를 친다.

붕대에 피가 스며나오고 문짝이 찌그러진다.

#20. 농구장

제임스가 들어서자 벌써 류진이 와 있다.

류진이 제임스를 보고 반가워 다가서면서 인사를 하는데

제임스, 류진을 무시하고 그냥 지나친다.

류진, 잠시 당황하다가 표정관리를 하고 연습하는 데로 들어온다. 제임스, 손을 다쳐서 자꾸 공을 놓치게 된다.

코치 (제임스를 향해) 야! 이 새끼야! 뭐해 정신차리고 공을 받아 넘기란 말야!!

제임스는 인상을 구기며 류진의 가슴을 향해 힘껏 패스를 한다.

류진, 제임스의 공을 직통으로 가슴에 맞으며 고통스러워 한다.

코치 (버럭) 뭐하는 거야? 싸울 거면 나가서 싸워!

연습은 계속 되지만 친구들은 류진에게 공을 던져 주지 안고 류진이 공을 패스하려 해도 받으려 하지 않고 자꾸 피한다.

모든 것을 지켜보고 있던 코치가 류진을 부른다.

코치 난 돌려서 말 안 한다. 농구경기는 팀웍이 제일 중요한 것 너도 알지? 그런데 지금 애들이 너랑 따로 놀고 있다. 이런 상태론 경기를 할 수가 없어 당분간 쉬는 게 어떻겠니? 애들과 사이가 원만해질 때까지, 그리고 오늘 피곤한 하루였을 텐데 일찍 들어가서 쉬어라.

코치는 류진의 대답도 듣지 않고, 호루라기를 불어 류진을 퇴장처리한다.

류진, 힘없이 돌아서서 농구 경기장을 나온다.

코치 (아이들에게로 가며) 야! 이 새끼들아! 뭐해! 뛰란 말이야, 뛰어!

#21. 샤워실

류진, 샤워물을 틀어놓고 울고 있다.

흐느끼는 어깨로 물줄기가 거세게 쏟아진다. 샤워장은 물 쏟아지는 소리와 류진의 흐느끼는 울음소리 퍼진다.
화면, 류진의 울고 있는 뒷모습으로 화면 점점 어두워진다.

#22. 사물함 앞

화면 점점 밝아지며 류진, 사물함 문을 연다.
카드 하나가 떨어진다.
류진 카드를 집어보면 캐서린이 보낸 것이다.
카드 내용 : 류진! 힘내! 캐서린.
어느 사이에 제임스 힐끔 류진이 든 카드에서 '캐서린' 이름을 본다. 제임스 역시 수업준비를 하려고 왔다. 류진이 보고 있는 카드를 무심결에 본 것이다.
때마침, 저만치 캐서린이 오자

류진 (카드를 흔들어 보이며) 땡큐! 굳모닝!
캐서린 (살짝 웃어 보이면서) 굳모닝!

제임스, 두 사람을 보고 어금니를 앙 다물고는 사물함 문을 거칠게 닫고 간다.
류진과 캐서린 그제서야 제임스를 본다.
제임스, 가는 뒷모습을 보는 류진의 얼굴 어두워지면
캐서린, 류진을 보고 환하게 웃는다.

#23. 과학실

선생님이 앉아 있는데 류진과 캐서린이 들어선다.

캐서린 선생님! 요번 프로젝트 류진과 같이 하고 싶은데요.
선생님 다른 팀들은 이미 많이 진행한 상태인데 이제 시작해서 괜찮겠니?
캐서린 네 둘이서 열심히 하면 될 거예요.
선생님 그래. 그럼 같이 하다가 잘 안 되는 것 있으면 와라. 내가 도와줄 수 있는 건 도와줄게 열심히 해 봐! 류진 넌 어때?

류진 (제임스가 맘에 걸리는지 제임스를 쳐다본다)

제임스는 고개를 돌린다.

류진 (잠시 머뭇거린다) !

선생님 (류진을 보며) 왜 싫어?

캐서린 (류진의 옆구리를 꾹 찌른다)

류진 (캐서린을 쳐다보며 조그만 소리로) 땡큐 캐서린! (선생님을 보며) 야뇨 좋아요!

캐서린 기획서는 류진과 상의해서 내일 제출할게요.

선생님 알았다.

캐서린은 실험하면서 류진을 도와준다.

제임스, 그 모습에 울컥하다가 실험 도구를 떨어뜨린다.

제임스, 쭈그려 앉아 깨어진 비이커 조각을 줍는데

류진 (놀라서 제임스 팔을 잡으며) 제임스 괜찮아? 다친 데 없어?

제임스 (화를 내며 류진의 팔을 뿌리치며) !

#24. 홈룸

학생들 하나둘 교실로 들어선다.

여기저기서 "굳모닝" 인사를 나눈다.

캐서린, 교실을 들어서며 류진을 보고

캐서린 (활짝 웃으며) 굳모닝 류진!

제임스, 캐서린을 보고 손을 들어 보인다.

캐서린, 제임스 앞에 앉아 있는 류진에게만 인사를 한다.

류진 (손을 올리며) 굳모닝 캐서린!

캐서린 (손에 들고 있는 사과를 던져 주며) 금사과 먹어.

류진 (놀라며 사과를 받으며) 어! 어! 어! 금사과??

캐서린　아침에 먹는 사과는 금이래. 그만큼 몸에 좋다고.

류진　그럼 넌?

캐서린　먹었어. 너 생각이 나서 하나 더 들고 온 거야.

류진　고마워.

캐서린　참 그런데 오늘 통계학 숙제 다 했니?

류진　응.

캐서린　나 좀 보여줘.

류진　(가방에서 레포트를 꺼내며) 여기.

캐서린　난 너무 어려워 못하겠더라.

류진　어디가?

캐서린　(류진 곁으로 바짝 다가앉으며) 여기.

제임스, 캐서린이 류진에게 지나치다 싶을 만큼 친절하게 보여 기분이 상했다. 캐서린을 지켜보던 아이들, 하나, 둘 류진에게 말을 건네오며 사과의 악수를 청한다. 류진의 얼굴이 환하게 웃음이 돈다.

캐서린, 숙제를 끝내고 친구들이 하는 유머에 류진 옆에서 배꼽을 잡고 웃으며 류진에게 기대기도 하고, 류진의 팔을 끌어안고 웃기고 하고, 류진을 툭툭 치면서 웃기도 하고 마냥 행복해 보인다.

제임스, 질투로 주먹을 부르르 떤다.

학교 시작종이 울린다.

과학교사, 학교전달사항을 전하려는데

학생들　(헉헉 숨을 몰아쉬며)

과학교사　늦었네. 지각노트 받아와.

학생들　(씩 웃으며 다시 나간다.)

지각노트를 받아온 학생들은 선생님한테 드린다.

과학교사　(지각노트를 받아들며) 너희들 디텐션이다.

학생들 (짜증내면서) 왜요?

과학교사 지각했잖아. 오늘은 방과 후에 과학실 청소하고 검사 받고 가라.

#25. 농구장

류진이 연습을 하러 들어오자 술렁이던 아이들이 류진의 눈치를 본다.

캐서린, 뛰어와 류진의 팔짱을 낀다.

친구들도 다가와 어색한 듯 서 있다. 악수를 청하며 류진을 반기는 제스츄어.

류진, 저만치 제임스를 보고 캐서린이 낀 팔짱을 슬며시 뺀다.

제임스, 농구공을 골대를 향해 힘껏 던지고 나간다.

제임스의 반응에 시큰둥한 아이들과 달리 표정이 어두워지는 류진.

#26. 화장실

제임스 수도를 틀어서 물로 머리를 적시고 세수를 하고 거울을 본다.

플레시백(흑백처리) : 류진에게 팡짱끼던 캐서린이 떴다가 사라진다.

제임스, 얼굴에 물을 끼얹다.

제임스, 핸드폰을 뒤져 류진이 보낸 문자를 찾는다.

제임스, 류진이 보낸 문자를 들고 고민을 한다.

전달 메시지로 처리해서 담임한테 보내려고 누르려다 머리를 흔들며 휴대폰을 닫는 순간

플레시백(흑백처리) : 캐서린이 류진에게 키스했던 장면

제임스, 홍분을 삭이지 못하고 씩씩대다가 휴대폰을 연다. 류진

이 보낸 문자메시지를 담임의 멜로 전송한다.

#27. 교장실

책상에 앉아있던 교장선생님은 다급히 들어오는 과학교사를 보고 자리에서 일어난다.

과학교사 (핸드폰을 보여주며) 교장선생님 이것 좀 보셔요.

교장 (핸드폰을 들여다보며) 이 학생이 누군가요?

과학교사 한국 유학생인 류진이란….

교장 그 학생이 선생님께 이런 문자를 보낸 겁니까?

과학교사 아뇨 그 학생의 친구인 제임스란 아이입니다.

교장 자세한 걸 물어보게 제임스 좀 호출해 보세요.

과학교사 네.

교장 그리고 다른 분들도 불러 함께 생각해 봅시다.

과학교사, 핸드폰으로 전화를 한다.

교장, 어딘가로 연락하자 교장실로 몇몇 선생님이 들어온다.

교장실로 들어선 선생님들 역시 문자를 보고 놀란다.

제임스, 교장실로 들어선다.

교장 제임스 학생 이리로 가까이 와 보게.

제임스 (잔뜩 겁먹은 얼굴로)

교장 이 문자 정말 한국 유학생인 류진이 보낸 게 맞나요?

제임스 (선생님들을 둘러본다)

교장 (제임스를 부드럽게 쳐다보며) 겁먹을 것 없어요. 그냥 사실대로 대답만 하면 돼요.

제임스 (눈을 질끈 감고 기어들어가는 목소리로) 네. (속에 말로 "이건 정말 류진이 보낸 거잖아 넌 진실을 말할 뿐이야 옳은 일을 한 거야")

교장 (어깨를 다독여 주며) 수고했어요. 이젠 가 보세요.

제임스, 인사를 하고 나간다.

선생님들과 교장선생님, 열띤 토론을 한다.

교장과 선생님들은 점점 심각한 표정으로 변하고 마침내 무슨 결정이 내려졌는지 교장선생님이 전화를 건다.

교장, 전화를 돌리며 선생님들을 돌아본다.

선생님들, 자기들의 결정이 옳다는 듯 고개를 끄덕인다.

교장선생님, 누군가와 심각하게 대화를 나눈다.

#28. 인천공항

류진모, 숨이 턱까지 차도록 달려온다.

류진모 샌프란시스코로 가는 제일 빠른 비행기표 좀 주세요.

직원 손님 죄송합니다만 지금은 만석이어서 여유 좌석이 없습니다.

류진모 (눈에서 눈물이 주르륵 흐른다) 제발 부탁입니다. 저… 저… 지금 빨리 샌프란시스코에 가야 해요.

직원 (휴지를 건네며) 손님! 손님! 우선 진정하시고 무슨 일이신지 말씀을 해 보세요.

류진모 (휴지로 눈물을 닦으며) 지금 저희 아이가 샌프란시스코 학교에 유학중인데 (흑흑흑) 학교에서 연락이 왔는데… 저보고 아이한데 심각한 문제가 있으니 빨리 와달라고 하는데 제발 도와주세요. (눈물 콧물 범벅이다)

직원 손님 진정하시고 잠시만 기다려 주세요.

항공사 직원은 뒤에 서 있는 나이든 여자에게 가서 말을 한다.

매니저 손님 저희 직원에게 말씀 들었습니다. 우선 진정하시고요. 너무 걱정 마세요. 아드님에겐 별일 없을 것입니다. 아드님을 위해서라도 엄마가 강해지셔야죠. 이 표 들고 비행기 타세요. 비행기는 10분 후에 출발합니다. 부치실 짐은 없으신가요?

류진모 (고개를 저으며) 없습니다. (표를 받으며) 그런데 자리가 없다고 하던데.

매니저 (웃으며 손을 꼭 잡아주며) 걱정 마시고요. 행운을 빕니다.

류진모 (몇 번을 고개 숙여 인사를 하며) 감사합니다. 감사합니다. (눈물을 닦으며 출국장으로 달려간다)

#29. 홈룸

다음날, 류진이 교실에 들어서는데 친구가 와서 교장실에서 호출이 왔다는 말을 전한다.

학급위원 류진 교장실에서 너 오래.

류진 응 (손을 흔들면서) 어이~ 제임스 안녕!

제임스 류진과 눈을 피하며 창밖을 본다.

류진 제임스에게 가려고 하는데….

학급위원 (류진을 치며) 너 오자마자 바로 오랬어!

류진 응 알았어.

류진, 제임스가 맘에 걸려 계속 쳐다보며 교장실에 가기 위해 교실 밖으로 나간다.

#30. 교장실 안

류진모, 교장실 안으로 다급히 들어서며

류진모, 옷차림이 인청공항에서 본모습 그대로이다.

류진모 우리 애에게 무슨 일이 있나요?

교장 (자리를 내주며) 우선 여기 앉으시지요.

류진모 (자리에 앉는다)

교장 댁의 자제분이 권총으로 자살하고 싶다고 해서요.

류진모 그게 무슨 소리예요. 우리 애가 자살을 한다고 했다나요.

교장 친구에게 그런 문자를 보내서요.

류진모 그 친구가 누구입니까?

교장 그건 알려 드릴 수 없습니다.

류진모 왜요?

교장 저흰 그 아이를 류진에게서부터 보호해야 할 의무가 있어서요.

류진모 그게 무슨 소리죠? 우리 애가 그 아일 해치기라도 한다는 것입니까?

교장 만약을 위해서입니다.

류진모 말도 안 돼요. 우리 애는 그런 아이가 아닙니다. 믿을 수가 없습니다.

교장 (문자를 보여주며) 여기를 보세요.

류진모 (문자를 보며) 이게 무슨 자살하고 싶다는 말인가요. 힘들다는 말을 좀더 강하게 표현한 것뿐인데요.

교장 총으로 자살한다는 말이요.

류진모 오해예요. 이건 죽고 싶단 말이 아니라. 아휴 답답해 한국말에는 이뻐 죽겠다, 힘들어 죽겠다, 심심해 죽겠다는 말이 있어요. 그 말들은 정말 죽고 싶어서 말하는 게 아니라 좀더 과장해서 표현하는 것뿐이랍니다.

교장 하지만 여긴 한국이 아니라 미국입니다.

류진모 네 저도 미국인지 압니다. 하지만 여기 온 지 겨우 1년 조금 넘어서 아직 그런 것을 몰랐을 거예요.

교장 로마에 가면 로마법을 따르라는 말이 있습니다.

류진모 그래서요.

교장 자퇴해 주세요.

류진모 힘들어 친구에게 하소연한 문자 하나 때문에 자퇴서를 쓰라고요?

교장 그뿐만 아니라 류진의 상태가 불안합니다.

류진모 우리 아인 멀쩡합니다.

교장 얼마 전 한국 유학생이 총으로 자기 친구를 많이 죽인 사건도 있고 저흰 그런 불안한 아이를 데리고 있을 수 없습니다.

류진모 말도 안 됩니다. 그건 그 학생이 저지른 일이지 저희 류진이 아니잖아요.

교장 그래도 만약을 위해서….

류진모 그렇다고 꿈을 갖고 힘들게 여기까지 온 아이를 그렇게 버릴 수 있습니까?

교장 하지만 다른 선생님도 모두 같은 생각입니다.

류진모 제발요. 저희 아인 여길 오길 위해 얼마나 힘들게 잠도 제대로 못자면서 공부를 했는데요. 그리고 당신들이 시험도 8학년에 들어갈 아이를 11학년 학생들이 보는 시험을 보게 해서 그 시험도 통과하지 않았습니까?

교장 그건 우수한 학생을 받아들이기 위해서.

류진모 그럼 지금은 저희 아이가 우수하지 않다는 것입니까?

교장 그건 아니지만….

류진모 그럼 왜?

교장 정신적인 문제가 있는 아이라 곤란합니다.

류진모 그럼 다른 학교에 전학 가겠습니다.

교장 아마 그건 힘드실 겁니다.

류진모 아니 왜요?

교장 다른 학교도 저희와 같은 생각일 겁니다. 그래서 미국에선 받아주는 학교가 없을 겁니다.

류진모 여기서 그런 말만 안 하면 다른 학교에서 모르지 않습니까?

교장 저흰 학생의 모든 상황을 기록해야 해서요.

류진모 그럼 저희 아일 보고 어딜 가라고요.

교장 한국에도 좋은 학교가 많지 않습니까.

류진모 말도 안 돼요. 저희 아인 미국에 있는 MIT대학 간다며 5년을 넘게 얼마나 노력했는데 하루아침에…. (기가 막혀서)

교장 …….

류진모 저희 아이 꿈은 어떡하라고요. 이런 식으로… 한 아이를 생매장시켜도 됩니까? (눈물이 흐른다)

교장 저희는 도와드릴 수가 없군요.

류진모 다른 학교로 전학 갈 수 있게만 해 주세요.

교장 곤란합니다.

류진모 그건 그냥 힘들어 한 소리라고요.

교장 정신적으로 심각하다고 판단됩니다.

류진모 우리 아인 멀쩡해요. 왜 멀쩡한 아이를 정신병자 만들어 생매장시키냐고요. 정말 너무하신 것 아닙니까? 제발 전학만이라도 갈 수 있게 해 주세요. 몇 년을 저토록 힘들게 노력해 왔는데 제발요. 제발…. (무릎을 꿇고 교장을 붙들고 운다)

교장 (단호한 표정으로) 이러셔도 소용없습니다. 이미 결정이 된 사항이라서 바뀌진 않을 겁니다. 한국으로 데려 가시죠.

류진모 (울고 있다) 흑흑…. (눈물을 닦으며 의자에 앉는다)

교장 우린 내일부터 퇴학 처리합니다.

류진모 어떻게 그렇게 갑자기 그만두라 합니까? 저희 아이도 맘의 준비를 할 시간은 주셔야지요. 꿈을 접고 돌아가야 하는데….

교장 다른 선생님들이 무서워서 가르칠 수 없다고 하여서 어쩔 수 없습니다.

류진모 그럼 저희가 낸 등록금은 어떻게 환불하죠?

교장 환불이 안 됩니다.

류진모 (놀라며) 그게 무슨 소리죠? 한두 푼도 아니고 4000만원이 넘는 돈이고 이제 새 학기 시작한 지 한두 달뿐이 안 되었는데 그 큰돈을…, 너무 하신 것 아닌가요?

교장 학칙대로 한 것입니다.

류진모 그래도 그건 좀.

교장 그럼 법으로 하시죠?

류진모 네?

교장 법으로 해도 저희가 이기고 나중엔 저희 변호사비용까지 물어야 할 겁니다. 그리고 기숙사에 있는 류진의 짐은 빠짐없이 싸서 벌써 한국으로 부쳤습니다. 여기 짐 부친 영수증입니다. 돈을 주시고 가셨으면 합니다.

류진모 (기가 막혀 더 이상 말을 못하고 있다)

류진 들어선다.

류진모, 류진을 보고 서둘러 얼굴을 정리하고 눈물을 닦는다.

교장 (단호하게) 이제 아이와 함께 돌아가시죠.

류진모, 말을 더하려다 류진을 보고 그냥 교장실을 나간다.

#31. 샌프란시스코공항(과거)

류진모, 한국행 비행기 표를 아무 말 없이 끊는다.

류진 (눈치를 보고 있다 안 되겠다 싶었는지) 엄마 어떻게 된 거예요 저도 좀 알아야겠어요. 제가 왜 학교까지 그만두고 이렇게 서둘러 한국으로 가야 하죠? 그리고 저 사람들은 뭐죠? 왜 우릴 계속 쫓아오죠?

류진모 (아무 말 없다)

류진 (출국장으로 향하는 엄마를 붙들며) 엄마 말씀 좀 해 주세요. (소리치며) 엄마! (눈에서 눈물이 흐른다) 엄만 내가 여기 오기 위해 얼마나 노력했는지 누구보다 잘 아시잖아요. (울면서) 엄마 이야기해 주세요. 왜 제가 이렇게 송환되듯 이곳을 떠나야 하는지요.

류진모, 말없이 류진을 꼭 끌어안는다.

류진, 엄마 품에서 운다.

류진모, 조용히 눈물만 흘린다. 그렇게 모자는 울고 있다.

#32. 비행기 안(과거)

쫓아오던 사람들은 류진 모자가 자리에 앉자 비행사 직원에게 무슨 말인가 하고 비행기 밖으로 나간다.

엄마 말없이 눈물을 훔친다. 류진은 한국 오는 내내 운다.

눈물을 흘리는 류진의 얼굴을 화면 가득 잡는다.

#33. 교장실 문 앞(현재)

눈물을 흘리는 류진의 얼굴을 화면 가득 잡는다.

류진, 흐르는 눈물을 손등으로 훔친다.

이때 키딩 류진의 어깨를 다독인다.

류진, 서서히 돌아보면

키딩, 류진에게 손수건을 내민다.

류진, 자존심 구긴 얼굴로 키딩을 밀치고 뛰어나간다.

키딩, 류진을 따라가려는데

키딩의 귀에 강경하게 반대하는 입학담당 교사의 목소리 듣고

입학담당교사 (여자 같은 목소리) 안 됩니다! 절~대로 안 됩니

다!!

키딩, 교장실 문을 거칠게 열어 젖힌다.

#34. 교장실 안

키딩, 교장실 문을 열어젖히고 들어서며

키딩 (약간 흥분한 목소리로) 그럼 외국에서 추방당한 한국 학생을 우리가 또 추방한다면 어디로 가란 말입니까?!

교장, 깜짝 놀라며 두 사람 눈치를 본다.

교장은 류진의 엄마를 의식하고 키딩을 제지한다.

입학담당 키딩선생님~, 자, 자, 우선 진정하시고 조용~히 이야기 합시다.

키딩, 입학담당을 무시하고.

키딩 (교장에게 따지듯) 학생을 편애하지 말고 애정을 다하라던 교장선생님의 교육관이 겨우 이거였습니까?

문안을 기웃거리는 학생과 교사들….

교장 (문을 닫으며) 알았어요. 알았어 키딩 선생님 말이 옳아요. 그럼 류진을 키딩 선생님이 맡는 걸로 하고 입학 허가합니다.

입학담당 교장 선생님! 이 일은~ 그렇게 간단하게 처리하실 일이 아닙니다.

교장 (땀 닦으며) 네. 네. 입학담당 선생님 말씀도 옳아요. 하지만 우린 교육하는 사람으로 키딩 선생님 말도 옳으닌깐요. 우리 복잡하게 생각 말고 학생을 먼저 생각합시다!

입학담당 (억울하단 듯 키딩 선생님을 보며) 류진이 문제를 일으킨다면 키딩 선생님도 함께 책임을 물을 것이니 그리 아세요!

키딩 (지지 않고) 만일 류진이 문제를 안 일으키면, 그때는 어찌실 겁니까?!

입학담당 (안절부절) 저… 저… 그건…. (빼져서 다른 곳으로 간다)

교장, 맥이 풀린 듯 타이를 느슨하게 풀면

류진모, 키딩의 손을 덥석 잡는다.

류진모 선생님 뭐라 감사를 드려야 할지.

#35. 홈룸

키딩, 류진과 교실로 들어선다.

학생들 웅성대며 류진을 응시한다.

매우 시끄러운 교실 안

키딩 (온화한 그러나 힘 있는) 자, 조용히 하고! (류진을 가리키며) 모두들 새로 온 친구에게 자기소개를 할 것. 이름과 뭘 좋아하는지, 여기 학교에 왜 왔는지, 어느 대학 가고 싶은 지, 미래의 꿈을 등을 이야기해 봐. 거기 헤롤드부터 시작할까?!

헤롤드 안녕 내 이름은 헤롤드고 내가 좋아하는 건 축구. 여긴 미국에 갈 수 있어서 이 학교에 지원했고, 유칸 대학에 들어갈려고 해. 내 꿈은 세계 축구선수가 되는 거야.

앉은 순서대로 일어나서

D.K 안녕 내 이름은 디카프리오 케니 벤자맨이야. 짧게 DK라고 불러. 내가 좋아하는 건 드라마고 이 학교 들어온 이유는 이 학교가 과학 다음으로 유명한 것이 극작가와 연극이거든. 그래서 들어왔어. 대학은 아직 못 정했고, 하지만 내 꿈은 극작가와 배우가 되는 거야.

해나 안녕 내 이름은 해나 김. 내가 좋아하는 과목은 법학과고 이 학교는 하버드 법대에 들어갈려고… (하는데)

토니　(야유) 우~~~~.

마틴　(시위조) 범생이 물러가라.

토니　법 벌레는 저리 가라.

해나　모두들 조용히 해!

키딩　(탁자를 치며) 조용!

해나　내 꿈은 세계 변호사가 되는 거야.

류진, 해나를 힐끗 보고는 창밖으로 시선을 고정.

푸른 눈의 외국인이 한 명 일어나서 소개한다.

발키리　(수줍음이 많은) 안녕 프랑스 노르만디 북부에서 온 발키리야. 내가 여기 온 건 아버지 사업 때문이고 내가 좋아하는 건 와인이고.

토니가 또 일어나 훼방을 놓는다.

토니　(야유) 헤이! 술꾼!

발키리　(발끈) 닥쳐!

발키리의 언성에 삽시간에 쥐죽은 듯 조용해지는 교실.

발키리　(류진을 보며) 나중에 프랑스로 돌아가서 공부할 생각이고 내 꿈은 소물레어가 되는 거야.

발키리, 자리에 앉자.

키딩　류진 너도 소개해야지?

류진　(발끝만 보고 있다) …….

키딩　이 친구 이름은 류진, 미국 샌프란시스코 학교를 다니다 왔다. 친구가 모르는 것 있을시 잘 도와주고 잘 지내도록. 류진은 저기 빈 자리에 앉고….

류진, 자리에 가서 앉는다.

옆자리 친구가 악수를 청하지만 무시하는 류진.

키딩, 그런 류진을 걱정스러운 듯 지켜보다.

키딩　(환기시키듯 손뼉을 치고) 오늘 학교에서 SAT시험이 있

으니 조용히 다니도록…. (말소리 없이 아이들에게 여러 이야기하는 장면)

학생들　네.

수업종이 울리자 학생들은 가방을 챙겨 들고 우르르 교실을 빠져나간다.

키딩　(류진의 앞에 앉으며) 우린 학과 시간표나 짜볼까?

류진, 머릿속에 시간표가 있는 듯 술술 써내려간다.

키딩　(류진의 펜을 잡으며) 류진! 이건 아니다. 일주일 내내 학과수업만 빽빽하잖아 처음부터 너무 무리하지 말고 쉬는 타임도 넣고 체육시간도 넣고 좀 여유롭게 짜보자.

류진　(벌떡 일어서며 비아냥) MIT 공대가, 놀고 싶을 때 놀고도 갈 수 있는 곳인 줄은 몰랐네요.

류진, 찬바람을 일으키며 나가고.

키딩, 생각이 많은 얼굴로 류진의 뒷모습 응시.

#36. 복도,

토니를 비롯한 반 친구들이 류진이 오자, 서로 인사를 하나, 류진, 인사를 받지 않는다. 류진이 지나치자 술렁대는 반 친구들. 그런 광경을 지켜보는 키딩.

#37. 카페테리아

점심시간도 혼자 식사를 하는 류진, 친구들이 같이 식사하자고 한다.

해나　(류진 앞에 앉으며) 군침 도는데….

류진　(수저를 탁 놓고) ….

해나　누가 오기로 한 거니?

류진　대꾸도 없이 일어나 간다.

저만치의 키딩, 밥 먹으면서 토니와 이야기하지만 시선은 류진을 쫓는다.

#38. 엘에이공항(회상)—아침부터 밤까지

입국장에서 나오는 키딩 가족.

키딩　　(신나서) 엄마 우리 이제 미국에서 살아?

키딩모　(웃으며) 응 그렇단다.

키딩　　우리 집은 어디야?

키딩모　기다려.

키딩(15세)과 엄마아빠는 공항의자에 앉아 있다.

공항의 시계가 빠르게 흐는 걸 보임.

아빠는 공중전화 앞에서 전화를 한다.

부모님의 얼굴 빛이 어두워진다.

키딩부모, 불안한지 왔다 갔다 한다.

키딩, 의자에 누워 잠이 들어 있다. 공항 창밖이 어두워졌다.

키딩부모, 더 이상 기다려 봤자 소용없음을 알고 자리를 옮긴다.

#39. 모텔(밤)

키딩은 잠이 들어있고 부모님은 계속 전화통을 붙들고 돌린다.

그러나 없는 번호라는 메시지만 나온다.

키딩 아빠는 얼굴은 점점 사색으로 변하고 엄마는 옆에서 계속 눈물만 흘린다.

키딩모　(울면서) 우리 어떡해요. 우리 사기 당한 것 맞죠? 돌아갈 수도 없잖아요. 한국에 직장도 사표 쓰고 전 재산을 정리하고 왔어요. 집도 없어서 돌아갈 수도 없잖아요. (울면서). 제가 뭐랬어요. 이상하다고 했잖아요. 당신은 너무 남의 말을 의심도 안 하고 믿어요.

키딩부　(화를 내며) 시끄러! (담배를 화난 듯 핀다)

키딩모　(나가며) 나, 교회에 가서 기도라도 하고 올게요. 아니면 미쳐버릴 것 같애….

키딩부　(담배를 피며) 기도!? 개뿔 하나님이 있으면 우리가 사기를 당했겠어!?

침대에 넘어지듯 큰대자로 벌렁 눕는 아빠.

#40. 교회(밤)

빛이 없어 어둑한 내부. 키딩모는 온몸을 부들부들 떨면서 기도를 한다. 어찌 보면 기도가 아니라 눈물 콧물 범벅인 얼굴로 보아 회개하는 것 같다. 문이 열리고 사람의 긴 그림자와 빛이 들어오면, 키딩모, 애써 감정을 추스린다.

존, 키딩모 옆자리에 앉아 정면 십자가를 응시.

중간 정도 키의 검은 피부 흑인이라는 외모와 달리 목소리는 차분하고 부드러운 목소리로.

존목사　자매님, 무슨 걱정거리라도 있으신지요.

키딩모　(인사를 하고) 네 저희가 한국에서 왔는데요. (소리없이 목사님과 계속 지금 상황을 이야기하는 장면)

시간경과 깜깜하던 교회가 환해진다.

#41. 몽타쥬

키딩부모, 존목사의 안내로 주니어스쿨을 들어선다.

키딩부모, 존목사와 교장선생님을 면담한다.

키딩부모, 키딩에게 인사를 하고 키딩선생님과 함께 간다.

키딩부모, 존목사와 부동산업자와 두세 군데의 아파트를 본다.

키딩모, 낡은 아파트에서 슬픈 얼굴로 고개를 끄덕인다.

키딩부모, 부동산사무실에서 계약을 하고 돈을 넘긴다.

키딩부모, 존목사와 학교로 돌아와서 카운셀러룸으로 들어간다.

키딩부, 사무실에 들어서며 존목사의 손을 잡고 고맙다고 인사를 한다.

존목사, 키딩부모에게 차를 내준다.

사무실을 둘러보니 여기저기 각양각색의 선물들 앞엔 존목사가 학생들과 찍은 사진들이 즐비해 있다.

끝나는 종이 울리자 키딩이 선생님과 룸으로 들어선다.

키딩, 엄마아빠를 보고 얼굴이 환해진다.

키딩부모, 키딩과 함께 존목사님께 인사를 하고 룸을 나간다.

#42. 키딩아파트 도로변

키딩과 엄마가 도로변에 서 있다.

노란 스쿨버스가 앞에 멈추자 키딩 차에 올라타며

키딩 (손을 흔들며) 학교 다녀오겠습니다.

키딩모 (손을 흔들며) 그래 선생님 말 잘 듣고 학교 끝나고 보자.

키딩모, 멀어져가는 스쿨버스를 보다가 아파트로 들어간다.

#43. 키딩아파트(밤)

낡은 아파트 현관에서 들어서면 복도 양옆으로 오른쪽으로 조그만 방 2개와 왼쪽으로 화장실을 지나서 들어서면 거실 겸 주방이 한눈에 보인다.

거실에서 키딩 방의 문이 열리면 키딩의 책상이 보인다.

키딩부, 들어서자 키딩모 옷을 받아들어 현관 옆 벽장에 옷을 건다.

키딩, 방에서 공부하다 아빠 오는 소리에 문을 열고 나와 인사를 한다.

키딩부, 아들을 한번 끌어안자 키딩, 쑥스러운 듯 빠져나와 자기 방으로 들어간다.

키딩부, 엄마가 주는 물을 단숨에 들이 키고 거실 낡은 쇼파에 깊숙이 앉아 한숨을 쉰다.

조금 열린 방문 틈으로 키딩의 공부하는 뒷모습이 보인다.

키딩부 (긴 한숨을 쉰다)

키딩모 (걱정스럽게 쳐다보며) 오늘 회사 가 보니 어때요?

키딩부 아 글쎄 그런 곳인 줄 알았으면… (속이 탄 듯 물을 마시며) 오지도 않았을 거야.

키딩모 어때서요?

키딩부 공장 안은 환기도 제대로 안 되는지 냄새는 지독하고, 바닥엔 닭피랑 닭털이랑 오물로 지저분하고, 일하는 사람들은 맥시코인과 후진국 사람 같은데 일에 지친 모습이 사람 꼴이 아니었어.

키딩모 (걱정스런 얼굴로) 근데 브로커에 대해선 물어보셨어요?

키딩부 (담배를 물며) 응 회사측에선 모른대. 그런 식으로 브로커들에게 사기당하고 온 사람이 수두룩하다며 벌써 잠적해서 잡을 수도 없을 거라고 말하더라구.(한숨을 쉰다)

키딩모 경찰에서는요.

키딩부 서류가 다 가짜여서 그것 가지곤 사람을 찾을 수가 없다는군. 사진도 없고 전화번호도 대포폰 번호고, 돈 부친 계좌 주인도 경찰에서 찾았다고 해서 가 보니 여자 알콜 중독자가 술 몇 병으로 이름만 빌려준 거라더군.

키딩모 그래서 찾을 수 없데요?

키딩부 지금으로는 돈을 찾을 때도 여자가 와서 찾아갔는데 그런 여자를 찾을 수가 없고 더 이상 증거가 없어서 찾는 건 불가능하대…. (긴 한숨을 쉬며 머리를 다리 사이로 떨

군다)

키딩모 그럼 우리 어떡해요? (눈물을 흘린다)

키딩, 조금 열린 문 안쪽 벽에 기대서 부모님 대화를 다 듣고 있다. 벽에 기대선 키딩의 얼굴은 실망으로 가득차 있다.

#44. 공장사무실

키딩부, 사무실 문을 열고 들어선다.

키딩부 저 사장님 월급이 잘못된 것 같은데요.

사장 뭔 소리야.

키딩부 원래 받기로 한 월급보다 절반도 못 되는 것 같은데, 뭔가 잘못 아신 거 아닌가요?

사장 뭔 소리야, 우린 처음부터 다 그렇게 줬어. 그건 그 브로커 찾아서 따져 난 몰라.

키딩부 이 월급으로 3식구가 어떻게 먹고 살겠습니까?

사장 그건 자네 사정이고.

키딩부 이거 너무하신 것 아닌가요?

사장 맘에 안 들면 나가. 자네 말고 여기 온다는 사람은 수두룩하다고.

키딩부 (화를 내며) 네 이런 곳에선 더 이상 일 못하겠습니다. 인종차별에다 사람 취급도 못 받는 이곳 저도 싫습니다. 안녕히 계십시오.

사장 (의자에 거만하게 기대면서) 나가는 건 자유지만 여기를 그만두면 불법체류자로 추방된다는 건 잘 알고 있겠지?

키딩부 (돌아서며) 네? 그게 뭔 소리죠?

사장 자네가 우리 회사를 그만두면 비자도 취소되니깐 (아주 재미있다는 듯이 야비하게 미소를 짓는다)

키딩부 (분해서 부들부들 떤다)

사장　날 그렇게 볼 것 없네. 자네가 처음부터 잘 알아보고 왔어야지. 그렇게 아무나 믿은 게 잘못이지. 어떡할 텐가? 계속 다닐 텐가?

키딩부　(마지못해 이를 악물며 고갤 끄덕인다.)

사장　잘 생각했어. 어차피 나가봐야 거기서 거기야. 여기서 계약기간 5년 동안 얌전히 일하면 영주권은 나오니깐.

키딩부　(힘없이 사무실을 나간다.)

키딩부가 나가자 사장은 문을 잠근다.

안쪽에서 한 사람이 나온다.

사장　(돈 봉투를 주며) 수고했어. 너 덕분에 한 5년 공짜로 부려먹을 수 있겠어.

브로커　(야비하게 웃으며) 킥킥킥 제가 뭐라 그랬습니까. 지까짓게 별 수 없죠. 어때요. 형님 쓸 만하죠?

사장　그래 그래. 하하하. 그런데 저놈한테 받은 돈은?

브로커　제가 형수님 이름으로 플로리다 경치 좋은 바닷가에 별장 하나 장만했죠. 형수님이 무척 좋아하시던데요.

사장　하하하. 그래 그래 잘했어. 그런데 저놈이 눈치 채면?

브로커　모든 게 다 가짜여서 걱정 안 하셔도 됩니다. 하하하. 참 어리석게 제가 하는 말을 다 믿더라구요. 그 정도 돈이면 투자 비자로도 들어와 이런 고생도 안 하고 편하게 먹고 살 수 있었을 텐데 조금은 불쌍하더라구요. 킥킥킥.

#45. 몽타쥬

키딩, 수업시간에 엎어져 잔다.

키딩, 복도를 지나가며 옆에 가는 친구들에게 주먹으로 협박하듯 겁을 준다.

키딩, 카페테리아 한쪽 구석에 앉아 혼자 점심을 먹는다.

키딩, 한 친구가 손가락질을 하며 놀리자 땅바닥에 눕혀 놓고 두들겨 팬다.

키딩, 교장실에 앉아 있고 엄만 키딩 옆에서 연신 죄송하다고 고개를 숙인다.

이 모습을 보던 키딩, 교장실문을 박차고 나온다.

키딩, 존목사를 보고 인사도 안 하고 지나간다.

존목사, 키딩을 부르지만 못 들은 체한다.

존목사, 키딩을 붙잡아 세우는데 키딩 신경질 부리며 뿌리치고 간다.

존목사, 안타까운듯 키딩을 본다.

#46. 키딩의 낡은 아파트 안(밤)

키딩, 엄마 아빠 들어선다.

키딩부 (키딩모를 미안한 듯 쳐다보며) 미안하구려. 당신까지 힘든 일을 하게 해서.

키딩모 (키딩부를 보며) 당신보다 힘들겠어요? 전 참을 만해요.

아빠는 피곤한 듯 낡은 쇼파에 몸을 깊숙이 기대어 앉아 눈을 감는다. 키딩, 잔뜩 불만인 얼굴로 부모님을 본다.

키딩모 (서둘러 부엌으로 들어가며) 영훈아, 배고프지. 미안해. 금방 밥해 줄게.

키딩 (엄마를 향해) 미국 가면 좋을 거래며! 그런데 바보처럼 어리석게 사기나 당하고 지금까지 밤늦도록 노예처럼 일하고 와서 배고프지? 이렇게 살 거면 왜 날 데리고 왔어. 난 한국에서 친구들이랑 잘 지내고 있었는데, 여기선 친구도 없고 날 한국인이라고 무시당하게 만들고 이게 사람 사는 집이야? 바보 같고 어리석은 엄마 아빠가 (악다구니를 쓰며) 싫어 싫다구!!! 이 집도 싫고!!!

키딩부 (일어나서 키딩의 따귀를 때리며) 너 힘들게 일하고 온 엄마에게 무슨 말버릇이야. 뭐 어리석고 바보 같다구?

키딩, 아빠를 쳐다보고 맞은쪽 뺨을 만지며 뛰쳐나간다.

키딩모 (쫓아나가며 부른다.) 영훈아! 영훈아!

#47. 다 허물어진 건물 안

키딩, 깡패 같은 애들과 담배를 피고 오락 게임을 한다.

그때, 존(흑인)목사 건물 안으로 들어서며 주위를 둘러보고 키딩 있는 곳으로 간다.

존목사 키딩, 나랑 학교로 돌아가자.

키딩 (담배를 질근질근 씹다가 존목사 앞으로 뱉어버린다.)

존목사 키딩! 너무 많이 결석해서 이 상태로 가면 퇴학이야.

키딩 당신이 뭔데 상관이야. 깜둥이 주제에….

존목사 부모님이 걱정하고 계신다.

키딩 난 부모 같은 것 없어. 그렇게 어리석고 바보같이 사기나 당하는 부모 같은 것 없어! (밀치면서) 가란 말이야!!!

존목사 키딩! 지금 이러는 것 너도 맘….

덩치 좋은 깡패가 존목사를 계속 밀면서 이야기한다.

깡패 애가 싫다잖아~. 싫다는데 왜 귀찮게 하고 그래~. 가라구, 가!

존목사를 깡패들이 모여들며 가라고 하며 밀어 건물 밖으로 쫓아버린다.

#48. 낡은 건물 밖

고급 검은 승용차가 낡은 건물 앞에 선다. 차안에서 검은 양복 입은 사람이 내려 주위를 살피고, 대장 치코, 달려가 차 앞에 서자 차창문이 열린다.

열린 차창으로 사람은 보이지 않고 손만 나와 고급 시가 재를 창밖으로 털고 있다. 차량 안에 있는 사람이 뭔가를 지시하는지 대장 치코, 대답을 연신하며 굽신거린다.
존목사, 쫓겨나오면서 고급 승용차를 본다. 존목사, 불길한 느낌에 자세히 보려고 하는데 깡패가 주먹을 쥐며 위협을 해서 쫓겨나간다. 존목사, 얼른 차번호를 보고 외운다.

#49. 낡은 건물 안

깡패대장이 들어와서 애들을 부른다.
키딩은 한쪽에서 신나게 게임에 빠져 있다.
깡패대장이 애들과 이야기를 나누는데 매우 심각한 표정들이다. 한 아이가 키딩을 가리키며 뭐라고 하고, 대장도 키딩을 보며 서로 이야기를 나눈다.

깡패 키딩, 이리 와 봐.
키딩 (달려가며) 왜요?
깡패 (키딩 어깨에 팔을 걸치며 다정히) 키딩 우리 친구지?
키딩 네!
깡패 너 술 먹어 보고 싶지? 나이트장도 가서 쭉쭉빵빵 미녀 가슴도 만져 보고 싶고?
키딩 (좋아서 고갤 끄덕이며) 네.
깡패 (대장 치코랑 눈짓을 하며) 그럼 우리 심부름 하나 할래?
키딩 (궁금한 눈빛으로) 무슨 심부름인데요?
깡패 (음흉한 미소를 띄며) 별 거 아냐. 물건 하나만 전달하면 돼.
키딩 (웃으며) 그것만 하면 돼요?
깡패 그래.
키딩 (고개를 끄덕이며) 좋아요.

깡패　(키딩을 끌어안으며) 넌 멋있는 놈이야. 가자!

깡패는 키딩을 데리고 몇몇 아이들과 밖으로 나간다.

#50. 경찰서

키딩은 형사 2명과 마주 앉아있다. 한국인 형사가 키딩을 다그친다.

형사　솔직히 말해. 누가 시킨 거야.

키딩　(벌벌 떨면서) 전 몰라요. 정말 몰라요.

형사　누군지 말하면 너 형량은 줄어들지만 이대로면 넌 10년은 푹 썩어야 해.

키딩　제가 왜요, 뭘 잘못 했는데요?

형사　(큰 소리로) 몰라? 정말 몰라서 묻냐구!! 마약 운반하다 걸렸잖아!!!

키딩　(사색이 되어서) 몰라요. 그게 정말 마약인지 몰랐어요. 정말이에요. 믿어주세요. 정말 몰랐어요. 심부름 하나만 하면 재미있는 데….

존목사가 키딩 부모님과 들어선다.

키딩모　(키딩에게 달려와서 키딩 몸을 여기저기 살피며) 영훈아 괜찮은 거니? 다친 데 없고?

키딩　(고개를 끄덕인다.)

키딩모, 키딩이 다친 데는 없는 걸 확인하고 끌어안고 운다.

키딩, 엄마가 울자 같이 울기 시작한다.

키딩부는 존목사와 경찰이랑 이야기중이다.

형사　댁의 아이가 마약을 운반하다 저기 저 아이들과 함께 잡혔습니다. 그런데 저 아이들이 모두 하나같이 댁의 아이가 심부름하면 술 사주고 재미있는 데 가서 신나게 놀 수 있게 해 준다고 꼬셔서 같이 좇아갔을 뿐이지, 그게 마약인지도 몰랐다구 하는데 댁의 아이는 반대로 이야기하고….

키딩부 (믿을 수 없다는 듯이) 우리 아인 그런 아이가 아니예요.

존목사 제가 보장할 수 있어요.

형사 댁의 아이가 운반책이 아니란 증거가 없고 현장에서 잡혀서….

존목사 잠깐만요. 제가 차량번호를 하나 외운 게 있는데….

모두들 초초히 존목사를 쳐다본다.

존목사 뭐지 앞 번호는** 그리고… 그래 번호는 *****였고, 검은색 마하바르였어요. 그 차 안에 앉은 사람은 볼 수 없었지만 그 차 앞에서 무슨 지시를 받고 있었던 사람은 덩치 좀 있고 팔뚝에 하트를 물고 있는 용문신 새긴 사람.

형사 (사진 하나를 보여주며) 이 사람이요?

존목사 (사진을 찬찬히 들여다보며) 네 맞아요. 이 사람이었어요. 근데 머리 색깔은 노랑색이던데….

형사 또 치코 짓이군. 이 차량번호 조회해 봐. (차량번호가 적힌 종이를 넘기며)

형사, 키딩에게 다가간다.

형사 (키딩에게 사진을 보이며) 너한테 심부름 시킨 사람이 이 사람이냐?

키딩 (고개를 갸우뚱하면서) 그런데 머리색깔이 틀려요.

한 형사가 종이를 들고 와 보인다.

형사 (종이내용을 보더니만) 가셔도 좋습니다.

키딩부모는 연신 고맙다고 인사를 한다.

형사 (키딩의 머리를 쓰다듬으면서) 앞으론 조심해라. 학교 열심히 다니고 이런 데서 놀지 마라. 요번은 처음이고 존목사님이 보증한다니 너 말을 믿으마. 하지만 다음엔

봐주는 것 없다.

키딩은 인사를 하고 엄마에게 꼭 안겨서 나간다.

키딩은 자기 말을 믿어주고 억울함을 밝혀준 존목사에게 감사하다며 인사를 하다가 결국 눈물을 보이고 만다.

#51. 교회 안

키딩과 존목사는 마주앉아 이야기를 한다.

존목사 키딩! 내게 감사하는 그 맘을 다른 사람에게 베푼다면 우리들처럼 소외받거나 멸시받는 사람들이 없는 따뜻한 세상이 될 거야! 키딩도 사랑과 감사가 가득한 따뜻한 세상 만들기 프로젝트에 동참하면 좋겠는데….

키딩, 미소를 짓는다.

교회창문으로 햇빛이 들어오는데 교회창문의 칼라그라스 때문에 아름다운 빛이 되어 키딩을 비친다.

#52. 공장 앞(저녁노을)

공장 안을 기웃거리며 서성대는 키딩, 한켠에 자전거가 세워져 있다. 저만치 삼삼오오 나오는 직원들 틈에 몹시 지친 듯 걸어나오는 키딩부, 키딩을 보고 의아한 얼굴로 뛰듯 오면

키딩 (자전거에 앉으며) 타세요.

키딩부, 대견스럽게 보다 뒷자리에 앉는다.

키딩, 힘껏 페달을 밟자 생각 외로 자전거가 쌩하고 가볍게 나간다.

키딩부, 뒤로 휘청.

키딩 꽉 잡아요!

키딩부, 키딩의 허리를 양손으로 감싼다.

키딩, 등으로 전해져 오는 아빠의 온기를 느끼며 아빠의 몸무게

가 생각보다 가벼움에 키딩의 눈에 눈물이 어린다. 자전거 타고 가는 부자의 건너편으로 저녁노을이 아름답게 드리운다.

#53. 키딩의 아파트(밤)

키딩, 부모님 방문을 살짝 열어본다.

열린 문으로 보이는 부모님은 피로에 지쳐 예전의 모습은 어디에도 없고 초췌해진 모습이다. 키딩은 콧날이 시큰해져 코를 만진다.

키딩, 늦기 전에 시작하자고 다짐한다.

#54. 카운셀러룸

존목사가 앉아 있는데 아침 일찍부터 노크소리가 들린다.

존목사 컴인. (들어오세요)

키딩이 룸으로 들어선다. 키딩, 가볍게 인사를 한다.

존목사, 책상에서 일어나 반가워하며 키딩을 맞이한다.

존목사 키딩! (반가운 목소리로)

존목사, 키딩을 끌어 안는다.

존목사, 키딩의 어깨를 가볍게 감싸 안고 책상 앞 테이블에 나란히 앉는다.

키딩, 아무 말도 못하고 고개를 숙이고 있다.

존목사, 감싸 안은 팔로 어깨를 가볍게 토닥이며 키딩을 안아준다.

키딩 (고개를 들며) 목사님~.

존목사 (키딩과 부드러운 눈으로 눈을 마주치며) 네!

키딩 저~ 목사님이 하시는 프로젝트에 동참하겠어요.

존목사 (얼굴에 미소가 환하게 퍼지며) 잘 생각했어요. 그럼 우선…. (소리없는 장면 키딩과 존목사는 열심히 이야기를 한

다. 키딩의 얼굴에 환한 미소가 돌며 화면 점점 어두워진다)

#55. 홈룸(현재)

화면 점점 밝아지고, 학생들 소리로 시끄러운 교실.

키딩, 학생들 조용히 시키며

키딩 오늘 학교에서 AP시험이 있으니 조용히 다니도록….

학생들 또요…? (불만인 목소리로)

키딩 그래. 먼저 번처럼 떠들다 교장선생님한테 걸리지 말고….

(소리없이 장면처리 : 키딩선생님은 그날 있는 중요한 행사를 공고하며 주의사항과 중요사항을 말한다.

선생님 말이 끝나면 클럽학생이 나와서 클럽행사를 공고한다.

책스클럽학생 너희들 알다시피 첵스 토너먼트는 다음주 월요일부터야. 1등을 하게 된다면 매점이용권 나오고 우리 첵스부 사천왕 이기면 두 배로 뛰니깐 많이 참여해.

토니 매점 이용권은 얼마짜리인데?

책스클럽학생 그건 토너먼트가 시작되면 말해 줄게. 또 지금 24명이 참가했고, 참가비는 2000원이니깐 참가하기 전에 가져오고….

토니 왜 돈을 걷는 건데.

책스클럽학생 좀더 나은 책스부를 만들려고 그런다.

토니 야! 잠깐 그건….

문이 열리면서 학급위원들이 들어온다.

학급위원 선생님, 잠시만 발표 좀 할게요.

키딩 알았다. 잭슨 잠깐 앉아 보거라.

학급위원 종이를 꺼내 들며.

학급위원 학생 여러분, 우리(학교 이름) 위원회는 보다 나은….

토니　서론이 너무 길다.

마틴　(말투를 웃기게) 우리(학교 이름) 위원회는 보다 나은 학생 생활을 위해서 이 자리에 왔습니다. 뭐, 항상 또 같은 멘트지.

학급위원　알았어, 자 조용. 일본 여행을 가는 거 인원 부족으로 취소되었으니 알아두고.

학생1　야, 그럼 내가 지불한 돈은!

학급위원　계좌로 다시 보냈으니깐 확인해 봐.

학생2　(아쉬운 듯) 아~ 진짜 가고 싶었는데.

클럽행사 공고를 들은 학생들은 서로 모여서 클럽 이야기를 한다.

학생2　(뭔가 잊었던 게 생각난 것처럼) 아차!

학생2, 키딩선생님께 간다.

학생2　저, 선생님 오전에 화학선생님과 미팅 잡혔는데요. 가봐도 될까요?

키딩　그래? 그럼 가봐.

학생2, 인사를 하고 홈룸을 나간다.

몇몇 학생들은 못해 온 학과목 숙제를 하거나 숙제를 몰래 베끼는 학생들도 있다. 교실이 매우 소란스럽고 가끔 키딩선생님이 아이들을 조용히 시킨다.

류진은 등교를 하지만 학생들과 어울리지도 않고 구석에 혼자 앉아 책만 읽고 있다.

키딩선생님은 계속 류진을 지켜보고 있다.

그 때, 수업시간종이 울리고 학생들은 강의실을 찾아 우르르 흩어진다. 류진, 역시 힘없이 밖으로 나간다.

키딩, 걱정스러운 듯 류진을 멀리서 따라 나선다.

#56. 농구장

밖으로 나온 류진은 자기도 모르게 학생들의 함성소리에 끌려서 간 곳이 농구장이다. 서너 명의 학생이 농구공을 주거니 받거니 하다 한 학생이 골인을 한다.

보고 있던 여학생들이 환호를 하고 박수를 친다.

류진은 농구하는 학생들을 보다 회상을 한다. 골대에서 나온 공을 들고 상대방으로 가는 학생, 농구공을 멀리 패스한다.

#57. 샌프란시스코 농구경기장(회상)

날아오는 농구공을 류진이 받는다(현재경기가 과거경기랑 이어지는 것같이 표현).

농구경기장에 함성이 울리며 치어리더의 응원이 한껏 열이 올라있다. 캐서린은 류진이 농구골대에 골을 넣을 때마다 더욱 열광적으로 응원을 한다. 캐서린이 류진 때문에 열광하는 모습을 본 제임스는 볼을 상대팀에 뺏기는 실수를 반복하는 바람에 마침내는 감독에 의해 퇴장을 당해 벤치에 앉아 있게 된다.

제임스, 벤치에 앉아있는데 뒤에 앉은 친구들이.

친구1 (얼굴은 제임스 얼굴이 나오고 목소리만) 류진이 들어오자 승승장구네! 결승전까지 오고 이게 몇 년만이냐?

친구2 (목소리만) 우리 팀의 히어로지.

친구3 (목소리만) 왜 제임스도 좀 했잖아.

친구2 (목소리만) 잘하면 뭐하냐. 결승전까지 가질 못했는데….

제임스 (몹시 기분 나빠 얼굴이 이그러진다)

친구1 (목소리만) 오늘은 아예 벤치 지키고 있다.

제임스 (누군지 얼굴을 보려고 벌떡 일어나 뒤를 돌아본다)

친구1, 2, 3 (조용)

제임스 (학생들이 많아 누군지 알 수가 없다) 씨발! (자리에 도로 앉

는다)

캐서린은 류진이 경기중간에 들어오자 수건과 음료수를 갖다 준다. 캐서린은 치어리더로 응원을 하면서 류진이 열정적으로 농구를 하는 모습을 보고 좋아하는 맘이 점점 싹트게 된다.

#58. 학교 게시판 앞

제임스는 성적표를 본다. 공부도 잘하고 농구마저 잘하는 류진이 점점 미워졌다.

류진이 오기 전까진 공부를 못해도 농구를 잘하던 자기가 학교에선 친구들에게 인기 짱이었고, 캐서린 역시 그러한 자신을 좋아했다. 그런데 지금은 류진에게 모든 인기도 빼앗기고 캐서린마저 류진에게 빼앗길 것 같았기 때문이었다.

캐서린은 제임스 속도 모르고 류진에게 1등이라고 축하한다며 좋아한다. 제임스는 그 모습을 보고 화를 내며 밖으로 나간다.

#59. 제임스 침실

제임스는 방문에 설치한 다트판에 류진 사진을 붙여놓고 다트를 던져 류진을 맞춘다. 그래도 속이 안 풀리는지 책상위의 물건들을 쓸어버린다. 그 소리를 듣고 엄마가 올라와 방문을 두드린다.

제임스모 (문밖에서) 제임스, 이게 무슨 소리니? 무슨 일 있니?

제임스 아니예요. 제가 실수로 뭐 좀 쏟았어요.

제임스모 (문밖에서) 정말 괜찮은 거야?

제임스 (화를 내며) 네.

제임스의 엄마는 내려가고 제임스는 힘없이 침대에 걸터앉는다. 제임스는 질투로 인해 류진에 대한 미움이 점점 커져가고 있다.

#60. 카페테리아

류진, 제임스, 캐서린은 쟁반에 점심을 담아가지고 빈 자리에 앉는다. 제임스, 허겁지겁 서둘러 먹고 있다.

류진, 제임스에게 자기 것을 더 퍼서 준다.

제임스 넌 뭘 먹고.

류진 감기가 올려나 식욕이 없어.

캐서린 (걱정스럽게 보면서) 많이 아파?

류진 아니, 그냥 좀 컨디션이 안 좋아.

캐서린 (류진을 보며) 공부하느라 책상 앞에만 있으니 면역이 약해지잖아. 류진 넌 대체 꿈이 뭐길래 그렇게 열심히니?!

류진 (미소를 지으며) 과학자!

캐서린 (웃으며) 어머 그래? 나도 과학자인데~. (박수까지 치며 무척 좋아한다) 너무 잘 됐다. 그러고 보니 우린 꿈이 같네~.

제임스 (캐서린을 보고 얼굴빛이 어두워진다. 밥을 먹다. 사레가 들린다) 켁켁.

류진 (제임스 등을 쳐주며 물을 건넨다) 천천히 먹어. 체하겠다.

캐서린 (제임스를 힐끗 보면서 인상을 찌푸린다) 이게 뭐니? (옷에 튄 걸 털면서) 천천히 먹어!(쌩긋 웃으며 류진을 보면서) 근데, 과학자 힘들잖아.

류진 힘든 것 알아. 하지만 포기할 수 없어! 난 어릴 때부터 과학자가 되고 싶었거든.

캐서린 그래~. 내 꿈은 나의 동반자가 나랑 같은 분야를 연구하는 과학자면 좋겠어. 퀴리 부부처럼.

제임스는 자신은 공부에 취미가 없어 농구를 하는 게 다여서 그러한 캐서린을 보고 얼굴빛이 어두워진다.

류진 우와~ 정말 멋진 꿈…. (하는데)

제임스　(류진의 말을 자르며 끌고 나간다) 나랑 어디 갈 데 있어.
류진　(제임스에게 끌려 나가며) 어 어…. (캐서린한테 손을 흔들며)
캐서린　(속상한 듯 보면서) 같이 가!

류진, 제임스에게 끌려서 밖으로 나간다.

#61. 농구장

류진과 제임스 등 남학생들 코치와 농구 연습을 한다.

벤치의 캐서린, 류진에게서 시선을 못 뗀다.

제임스, 캐서린을 보고 손을 흔든다.

제임스, 캐서린에게 손을 흔들었는데 반응이 없자 캐서린의 시선을 좇아간다.

제임스, 캐서린이 류진만을 보고 있는 것을 알고 실망한다.

류진, 코치에게 컨디션이 안 좋다며 코치에게 허락 받고 나간다. 캐서린, 그런 류진을 좇아 나간다.

류진을 좇아나가는 캐서린을 본 제임스, 볼을 거칠게 패스한다.

제임스의 볼을 맞은 학생 넘어지고, 코치, 제임스를 핀잔준다.

제임스, 볼을 냅다 팽개치고는 나가버린다.

#62. 라커룸

캐서린, 라커룸 한쪽에 숨어 있다.

류진은 샤워를 마치고 락커룸에서 옷을 입고 있다.

캐서린, 고양이 걸음으로 류진에게 다가가면….

류진, 인기척에 놀라 돌아본다.

순간 캐서린, 류진에게 기습 키스를 한다.

피하지 못하고 돌처럼 굳는 류진, 때마침 들어오던 제임스.

류진과 캐서린의 키스장면을 보고 걸음을 멈춘다.

류진　(정신 차리고 놀라서 캐서린을 밀어내며) 넌 제임스 여자 친구잖아!

캐서린 아니, 난 제임스 여자 친구가 아니고 그냥 친구일 뿐이야. 그리고 제임스는 내 취향이 아냐. 제임스는 운동만 잘할 뿐이지 머리는 텅 비어 있어 내 남자친구가 될 자격이 없어. 내 남자친구가 될려면 적어도 너 정도는 되어야지. 근데 넌 내가 싫으니?

류진 (난감한 표정으로) 아니 나도 널 좋아해.

제임스, 류진의 말을 듣고는 주먹을 불끈 쥐고 눈매에 날을 세우다가 돌아서 나간다.

류진 하지만 난 제임스가 더 소중해. 그래서 널 제임스의 여자친구로 좋아할 뿐이지, 그 이상은 아니야.

류진, 옷을 입고 밖으로 나간다.

캐서린, 나가는 류진을 슬픈 눈으로 본다.

화면 어두워진다.

#63. 농구장(현재)

화면 밝아지면, 류진, 농구하는 아이들을 부러운 눈빛으로 보고 있다. 키딩, 그런 류진에게로 농구공을 던진다.

류진, 엉겁결에 공을 받아들지만 키딩의 오라는 손짓에 잠시 망설이다가 공을 던지고 도망치듯 자리를 벗어난다.

키딩, 류진의 반응에 당황하며 뒤를 쫓아가지만 놓쳐 버린다.

#64. 몽타쥬

키딩, 건물 현관을 들어선다.

키딩, 카페테리아에 들어서서 둘러본다.

류진, 옥상문을 세차게 열어 제치며 뛰어 들어온다.

류진, 고개를 숙이며 옥상문에 기대어 주저앉는다.

키딩, 음악실을 열어본다. 피아노 연습을 하고 있는 학생에게 미안한 듯 미소를 날리며 문을 살며시 닫는다.
류진, 숨찬 것이 약해지자 천천히 일어나 모퉁이를 돌아 옥상 난간으로 걸어간다.
키딩, 과학실을 열어본다. 아무도 없자 문을 닫는다.
키딩, 도서실을 들어가 류진이 잘 앉아있던 구석진 책상까지 가서 보고 자리에 없자 책장 사이사이를 빠른 걸음으로 확인하고 밖으로 나온다.
류진, 아래를 내려다 본다.
건물 뒤쪽이라서 인적이 없다.
류진, 서서히 옥상 난간에 올라선다.
키딩, 화장실을 들어가서 화장실문들을 열어보는데 담배 피는 학생들보고 나오라고 하고 군밤 한 대씩 주고 올 때까지 손들고 서 있으라고 하고 나간다.
키딩, 홈룸을 들어선다. 학생들이 인사하자 웃으며 인사를 받고 나온다.
키딩, 계단을 뛰어올라가는데 얼굴이 점점 어두워진다.
키딩, 옥상문이 열린 것 보고 얼굴에 불안한 기색이 역력하다.
키딩, 옥상에 들어선다.

#65. 학교 건물 옥상

키딩, 주위를 둘러보지만 류진이 안 보여 안심하고 돌아서는데 느낌이 이상해 코너를 돌아보다가
키딩, 류진이 난간에 앉아 있는 걸 보고 멈칫하며 몹시 놀란다.
키딩, 한숨을 크게 들이쉬며 류진에게 다가선다.

키딩 (헉헉 숨차 하면서) 류진! (헉헉) 여기 있었구나! (헉헉) 내가 얼마나 찾아다닌 줄 아니?

류진　(소리치며) 가까이 오지 마세요. 그냥 혼자 있고 싶어요.

키딩　(흠칫하며) 으응 그래…. (뒤로 물러난다)

키딩, 멀리서 불안해 하며 류진을 지켜본다.

류진이 아래를 내려다볼 때마다 당황하며 달려가려다 멈추고를 반복하고 있을 때 류진의 핸드폰이 울린다.

류진, 화면을 확인하고 전화를 받는다.

류진　네 어머님…. 네 저 잘 지내요. 네 어머님 아버님도 건강하시죠. 선생님도 잘 대해 주시고요. 네 친구들이랑도 잘 지내요. 네. (난간에서 내려서며) 너무 걱정 마시고요. 네 저도 어머님 사랑해요. 네 건강하세요. 네 네…. 안녕히 계세요. (전화를 끊고 돌아서다 키딩선생님을 보고 멈칫하다 무시하고 내려간다)

키딩　(류진과 눈 마주치자 어색한 미소를 날린다. 이마엔 땀이 흥건하다) 휴~. (류진이 내려가자 안심한 듯)

#66. 류진의 기숙사 방(밤)

류진은 기숙사에 들어서서 침대에서 이불을 뒤집어쓰고 잠을 청하지만 잠이 안 와 이리 뒤척 저리 뒤척한다.

플래시백 : #35 키딩과 학과 시간표 짜는 장면, #65의 장면 : 내가 얼마나 찾아 다닌지 아냐, 키딩 이마에 흥건한 땀 크로즈업.

류진, 자리에 일어나 책상으로 간다.

류진, 스텐드 불을 키고 책상에 앉아 공부를 한다.

#67. 류진의 기숙사 복도(밤)

키딩선생님이 취침시간에 학생들을 점검하려고 기숙사를 둘러본다.

키딩　카메라는 복도에서 키딩의 행동만 보일 뿐 방안의 장면

은 소리만 : (방문을 열어보고 들어가서) "야 이 녀석아! 게임이 대신 숙제해 주냐. 게임 좀 그만하고 숙제 좀 해라." (방문을 닫고 나온다. 건넌방문을 열어보며) "녀석!~ 맨날 잠만 자냐. 그러니 살찌지…." (방문 닫으며 불을 끄고 다음 방 열면서) "내 이럴 줄 알았다. 맨날 이불을 차고 자니 감기 걸리지." (불 끄고 문 닫고 옆방 열고) "어이구 이 녀석 배꼽 다 보이네. 배탈 나면 어쩔려구…." (불 끄고 건넌방 열며) "공부도 쉬엄쉬엄 해라. 그러다 병난다. 모르는 것 있으면 내 방으로 들고 오고 잠잘 때 불 끄고 자라." (기분이 좋은지 콧노래 부르며 다음 방 불이 꺼진 것 보고 그냥 닫는다. 다음 방 열어보더니) "야! 토니 너 왜 여기 있어. 취침시간은 자라고 있는 거야." (토니 뛰어나오고 키딩 머리를 탁탁 때리는 시늉을 한다. 토니 자기방으로 들어간다. 키딩 뒤돌아보며) "마틴, 불 끄고 일찍 자라." (토니가 들어간 방문 열어보며) "토니 너 내가 이따 다시 보러 올 거야. 그때 침대에 없으면 나랑 밤새도록 데이트하게 될 거야." 등등.

#68. 류진의 기숙사 방(밤)

류진의 방문을 열고 들어서면 정면엔 창문이, 창문 왼쪽엔 침대, 창문 오른쪽엔 책상.

류진, 책상에 엎드린 자세로 머리는 왼쪽으로 돌려 창문쪽을 보고, 오른팔을 베개 삼고 책 위에 엎드려 잠들어 있다.

책상 위에는 영어로 된 책들이 펼쳐 있고 책상 오른쪽으로 스텐드가 켜 있다.

책상 옆에 있는 창문으로 달빛이 들어와 류진의 얼굴을 비친다.

키딩, 류진에게 다가가 잠든 모습을 본다.

키딩, 주위를 둘러보고 침대 한켠에 접혀진 무릎담요를 펴서 덮어준다.
류진, 선생님 손길을 느끼고 깨지만 눈을 안 뜬다.
키딩, 류진을 안쓰러운 듯 내려다보다.
플래쉬백 : #65 류진이 난간에 걸터 앉아 있던 장면
키딩, 고개를 흔들며 수심이 가득한 얼굴이 된다.

키딩 (혼잣말로 잠들어 있는 류진의 얼굴을 내려다보며) 진아! 혼자 너무 힘들어 하지 말어…. (자고 있는 등에 손을 살짝 올리며) 네가 힘들 때 찾는 친구가 되어줄게. 나한테 와라.

키딩, 책상 위 스텐드 불을 끈다. 키딩, 방문을 나오다 다시 한 번 걱정스런 얼굴로 돌아보고 나온다.
류진, 선생님이 나간 걸 확인하고 책상에서 일어나 담요를 보고 선생님이 나간 문쪽을 본다.

#69. 수학교실

수학선생님 수업을 진행하고 류진은 열심히 듣다 가끔씩 창밖을 본다. 수업 끝나는 종이 울리자 학생들이 썰물 빠지듯 교실을 나간다.
류진도 일어나 나가려는데 발키리가 류진을 잡으며

발키리 (수학책을 들고 와서) 류진, 이 문제 좀…. 먼저시간에 들은 건데 이해가 안 되어서.

류진 (그대로 일어나 나간다)

토니 (류진의 앞을 막아서서 왼쪽 어깨를 손가락으로 밀면서) 야! 야! 류~진!

류진 (기분 나쁜 표정으로 토니의 손을 쳐낸다)

키딩, 지나다 토니가 류진을 부르는 소리에 교실을 들여다본다.
제니, 놀라서 뛰어나가다 키딩을 보고

제니　선생님 부르러 가는 중인데….
키딩　(손가락으로 조용히 하라고 표시한다)
토니　어! 어! 날 쳤어.
류진　(한 번 날카롭게 쳐다보고 고개를 돌려 무시하고 뒤돌아 나가려 한다)
류터　(류진 앞을 막으면서 토니를 보고 웃으며 브이자를 날린다)
류진　(다른 쪽으로 나가려 한다)
해롤드　(막아서며) 발키리가 도와달라잖아.

키딩, 류진을 도와주러 다가서다 망설인다.

류진　(발키리쪽을 돌아보고 신경질적으로 발키리를 밀치고 나간다) 씨팔!
발키리　야! 야!~ 치사한 놈 그래 너 잘났다.

키딩, 교실을 나가는 류진의 뒷모습을 안타까운 듯 보면서 따라 나간다.

#70. 카페테리아

점심시간이 한참 지난 뒤 한적해진 카페테리아로 류진이 들어선다. 주위를 둘러보다.

쟁반에 음식을 담아서 구석진 빈자리에 앉는다.

키딩, 들어서서 한 바퀴 둘러보고

키딩, 류진을 발견하고 혼자 앉아 점심을 먹는 걸 보고

키딩, 눈은 류진을 보며 쟁반에 몇 가지 올려가지고 잠시 망설이다. 류진 있는 데로 간다.

키딩　(반가워하며) 어이 류진~. 이제 밥 먹는 거냐? (슬쩍 옆에 와서 앉으며) 혼자 먹으면 맛없어 같이 먹자.

류진은 먹다 말고 바로 일어나 쟁반을 갖다 두고 밖으로 나가버린다. 키딩, 안타까운 눈으로 류진의 뒷모습을 바라다본다.

#71. 도서실

류진이 공부를 하고 있다.

키딩, 멀리서 류진을 지켜보고 있다.

키딩, 책을 들고 류진이 거부할까 봐 살짝 옆에다 밀어주고 지나간다.

류진, 못 본 척하고 공부를 한다.

류진, 키딩선생님이 가자 그 책을 살짝 끌어와 읽어본다.

키딩, 숨어서 이 모습을 보고 만족한 미소를 짓고 나간다.

#72. 복도

키딩, 지나가며 류진을 보면 무척 반갑다는 듯이 웃긴 표정을 지으며 인사를 한다.

류진, 무시를 한다. 하지만 키딩이 지나가자 참았던 웃음을 짧게 터트린다.

키딩, 류진의 반응을 보고 얼굴엔 옅은 미소가 돈다.

키딩, 지나가며 류진에게 메모를 살짝 준다.

류진, 놀라서 얼떨결에 받아서 펴본다.

"류진 씨 사랑합니다. 하트모양."

류진, 주머니에 살짝 접어서 넣는다.

키딩, 앗싸하며 짧게 춤을 추며 좋아한다.

류진, 거울에 비친 키딩의 그 모습을 보고 나오는 웃음을 참는다. 키딩은 열심히 아침저녁으로 수시로 류진을 지켜보며 류진의 맘을 두드린다.

#73. 도서실

류진, 책을 다 읽고 반납을 하며 주위를 둘러본다.

<u>*플래시백 : #71 키딩이 책을 살짝 놓고 가는 장면*</u>

류진, 공부하다 자꾸 문쪽을 본다.

키딩, 들어선다.

류진, 얼른 고개를 돌려 공부를 하면서 키딩 있는 데를 힐끔거린다.

키딩, 책꽂이에서 책을 한 권 들고 류진 있는 데로 온다.

류진, 모른 척 공부만 한다.

키딩, 류진 정면에 앉아 메모지에 열심히 뭔가를 쓴다.

류진, 키딩을 힐끔 본다.

키딩, 다 썼는지 일어나서 류진 오른쪽 옆을 그냥 지나친다.

류진, 실망한 듯 고개를 숙인다.

키딩, 류진 뒤에서 미소를 띄며 류진의 왼쪽에다 책을 살짝 놓고 나간다.

류진, 키딩이 나간 걸 힐끔 보고는 얼른 책을 펼친다.

책 속에 메모(키딩 목소리로) "하하하, 속았지? (하하하 : 웃는 만화그림으로)(류진 피식 웃는다) 내가 그냥 나갈 줄 알았지… 하하하. 그럴 수 없지. 너 내가 준 책 다 읽었잖아. 어떻게 알았냐구. 비밀이지-. 난 천리안을 가졌거든. 하하하."

#74. 운동장

류진이 축구를 하는 토니와 친구들을 지켜보는데 공이 류진 쪽으로 굴러온다.

토니와 친구들이 굴러간 공을 보내달라고 손짓을 한다. 그러나 류진은 무시하고 다른 곳으로 가버린다.

토니는 화를 내며 공을 집어들고

토니 **(혼잣말로) 저새낀 지 혼자 잘났어. 가시복어처럼 못생겨 가지고. (피식 웃으며) 무인도 사는 갈매기들도 싫어할 거야.**

#75. 운동장—벤취

류진, 운동장 한적한 곳에 있는 벤취에 자리를 잡고 앉는다.

키딩, 류진에게 책을 한 권 주고 간다.

류진, 얼떨결에 받는다. 축구하던 토니, 키딩선생님이 류진에게 책을 주고 가는 것을 본다.

류진, 책을 본다. 제목 : '무기들이여, 안녕.'

류진, 책장을 넘겨보니 메모 한 장. "류진, 너 책 읽는 속도가 무척 빠르더구나. 헉헉(혀를 길게 빼고 있는 만화)" 메모를 앞주머니에 넣는 류진 얼굴에 미소가 돈다.

플래시백 : #4토니랑 키딩선생님

토니, 류진이 책을 읽고 있는 걸 보고 다가가 책을 빼앗는다.

토니　(책을 빼앗으며) 뭘 보냐?

류진　(기분 나쁜 투로) 책 줄래?

토니　(책을 넘겨보며) 재미있냐?

류진　(뺏으러 달려든다) 책 줘!

토니　(도망가며) 에~에~. 너가 내게서 이 책 뺏을 수 있을 것 같아?

류진　(관심 없다는 듯, 돌아서며) 어차피 내 것도 아닌데, 너 읽어!

토니　(책을 바닥에 팽개치고 밟으며) 씹새끼! 키딩선생님은 왜 저런 새끼를 챙기는 거야. 기분 좆같네!

류진은 토니가 가자 돌아와 책을 주워들고 턴다.

책이 여기저기 찢어져 있다.

#76. 영어교실

키딩선생님 시간이다.

학생들이 뺑 둘러 앉는다. 한참 토론 중이다.

류진, 얼굴에 환한 미소가 떠나질 않는다.

키딩　이번엔 32번 문제 주인공이 왜 그녀를 흥미롭게 느끼는지 아는 사람 이야기해 봐.

류진　(번쩍 손을 든다)

키딩　(반가워하며) 오! 류진 너 생각을 말해 봐라.

류진　(얼굴엔 미소) 제 생각은 주인공이 그녀가 주인공이 생각했던 꿈의 여자와 비슷하기 때문이라고 생각됩니다. 챕터 5에서 주인공이 자신의 친구에게 어떤 여자…. (소리 없이 토론하는 모습, 여러 아이들이 말을 한다. 시간 경과)

키딩, 류진이 수업에 적극적으로 참여하는 모습을 보고 무척 흐뭇해한다. 수업 끝나는 종이 울린다.

키딩　(박수를 치며) 나머진 다음 시간에 하고 의견들 정리해서 적어온 건 책상에 올려놓고 가세요.

학생들, 레포트를 하나씩 올려놓고 나가는데, 제목 : '무기들이여 안녕'

류진, 미안한 표정을 지으며 레포트를 내고 책을 살짝 올려놓고 나간다.

키딩, 류진의 표정을 보고 얼른 책을 들어 본다.

키딩, 책장을 들춰 보니 메모가 있다.

"선생님 죄송해요. 제 실수로 책이 망가졌어요."

토니, 류진 뒤를 따라 나와 자기 숙제를 류진 숙제 위에 올려놓고 나간다.

토니　(다시 들어와서) 선생님, 빠진 게 있어서요.

키딩　뭐~. 숙제한 것?

토니　네.

키딩　그래. 가져가서 해 와, (류진이 놓고 간 책을 살피며 메모를 보느라 정신이 없다)

토니 (자기 숙제 꺼내면서 류진의 숙제랑 같이 들고 나간다)

토니, 다시 들어와서 자기 숙제만 놓고 나간다.

#77. 복도

토니, 복도 끝에 류진이 있는 걸 보고 류진한테 간다.

토니 (류진의 숙제를 보이며) 류진, 이게 뭔 줄 아니?

류진 (토니 손에 있는 걸 보고) 어! 내 숙제!

토니 (류진의 숙제를 흔들면서) 이게 왜 여기 있을까?

류진 (숙제를 뺏으러 다가선다)

토니 (놀리면서) 안 되지. 내가 어떻게 빼온 건데, 그냥 줄 수 없지.

류진 (노려본다)

토니 내 가랭이 사이로 지나가면 주지.

류진 (뒤돌아가려 한다)

토니 야! 야! 여기 있어. 가져가.

류진 (돌아서 잡으려 하자)

토니 (놀리듯 피하며) 장난이었는데~.

류진 (열받아 달려들어 빼았으려 한다)

토니 (다급히 류진의 숙제 찢어버린다) 아이구! (위로 날려서 뿌리면서) 어쩌나. (놀리면서)

류진 (멱살을 잡고 주먹을 날리려다. 그냥 간다)

토니, 흠칫 놀란다.

토니, 류진이 그냥 가자 뒷모습을 보며 주먹을 쥐고 분하다는 표정.

#78. 사물함

토니, 물을 한 그릇 들고 온다.

토니, 류진 사물함 앞에서 주위를 살피더니만 사물함에 물을 부어 넣는다.

토니, 멀리서 류진이 오는 걸 보고 서둘러 피한다.

류진, 토니가 자기 사물함 앞에 있는 걸 보고 인상을 찌푸린다.

류진, 서둘러 사물함을 열어본다. 책이 다 물에 젖어 있다.

류진, 화를 내며 사물함 문을 쾅 닫는다.

#79. 신발장

류진, 체육시간이어서 운동화 갈아 신으려고 신발장 문을 연다.

류진, 코를 틀어막는다.

류진, 당황하며 운동화를 꺼내면 신발 안에 오물이 가득하다.

어느 사이에 온 친구들.

친구들 (코들을 막으며) 윽, 냄새!

토니 (코를 막으며) 윽 냄새, 너는 똥을 화장실 가서 안 싸고 운동화에다 싸냐?

류진, 토니를 향해 운동화를 던져 버린다.

토니, 얼굴에 직통으로 맞고 똥을 뒤집어 쓴다.

토니, 똥씹은 얼굴이 되고 아이들 배꼽잡고 웃는다.

류진, 밖으로 나간다.

토니 (주먹을 쥐고) 니 새끼들 죽고 싶어?

학생들, 흩어진다.

#80. 운동장

수업종이 울리자 아이들이 운동장에 모인다.

류진, 할 수 없이 구두를 신고 온다.

체육선생 류진, 누가 체육시간에 구두를 신고 나오래!

류진 (아무 말 안 하고 그냥 있는다)

체육선생　너 오늘 수업 받을 자격 없어!

토니가 허겁지겁 뛰어온다. 샤워를 했는지 머리가 젖어 있다.

체육선생　어라 넌 뭐야. 옷은 그렇다 치고 너도 구두냐? 둘 다 운동장 5바퀴.

류진과 토니 운동장을 뛴다. 토니는 옆에서 웃고 있다.

류진은 그러한 토니를 무시해 버린다.

#81. 컴퓨터실

토니, 열심히 컴퓨터 검색을 한다.

토니의 컴퓨터 모니터—.

토니　(씩씩거리며) 어떻게 된 게 저 새낀 별 반응이 없어! 지미 씨팔!! 열 받아 죽겠네.

토니　저런 새끼는 분명 문제가 있어!

모니터—샌프란시스코 *** 고등학교.

토니, 예사롭지 않는 눈으로 류진을 흘기며….

토니　어디 얼마나 대단한 놈이었나 한 번 둘러볼까?!

마우스 클릭하면—홈페지에서 학교신문을 발견한다.

토니, 기사를 검색하다가 류진 이름을 발견하고는 입꼬리가 비열하게 올라간다.

#82. 학교 게시판

토니, 류진의 기사를 프린트해 게시판에 붙인다.

토니　(게시판을 보며 큰 소리로) 얘들아. 우리 학교에 정신병자가 다닌데.

학생들, 하나둘 모여들어 기사를 보며 웅성거린다.

류진이 지나가는데 아이들이 피하는 느낌이 들어 게시판을 들여다본다.

토니　(류진을 가리키며) 제야, 저 애가 류진이야.

애들, 류진을 마치 벌레 보듯 소리치며 물러난다.

학생1　뭐야! 정신병자였어?

학생2　그래서 미국학교에서 추방당한 건가 봐.

학생1　무섭다. 저런 애랑 어떻게 같이 학교를 다니니.

학생들　악! 무서워. 저 눈 좀 봐!

토니, 류진과 눈이 마주치자 운동장으로 도망간다.

류진, 토니를 잡으러 쫓아간다.

토니, 재미있다는 듯이 류진을 계속 놀리며 달아난다.

#83. 운동장

류진, 토니에게 달려가 주먹을 휘두른다.

류진　(흥분해서 토니를 때리며) 제임스에게 한 번 당한 걸로 족해. 바보처럼 또 당하진 않을 거야!!!

류진과 토니는 땅바닥에 뒹굴며 싸운다.

주위에 학생들이 모여들고, 교사들까지 허둥지둥 모여들면 마지막에 도착한 입학담당.

입학담당, 안절부절 주위를 뱅뱅 돌며….

입학담당　(자기는 안 말리며 발을 동동 굴르며) 어떡해…. 저… 저…. 누가 좀 뜯어 말려~.

학생들, 신나게 구경한다.

다른 교사들, 둘이 무섭게 붙어 말릴 엄두도 못낸다.

입학담당, 말리다 류진의 주먹을 맞고 나동그라진다.

입학담당, 일어났는데 코피가 난다.

입학담당, 코에 손을 대보고 피가 묻자 거의 울 것 같은 표정.

입학담당, 손수건을 코에다 대고.

입학담당　(손가락으로 가리키며 소리를 친다) 너… 너… 너희들!

지금 당장 멈추지 않으면 (큰소리) 퇴학이야!!!

류진, 그 소리에 멈추고 일어선다.

토니　미친놈인 주제에…. (류진을 한방 때린다)

류진　뭐! 이 새끼가! (토니를 한방 먹인다)

토니, 나동그라지자 류진, 위에 올라타 연타로 주먹을 퍼붓는다.

류진, 그래 미친놈한테 죽어 봐라!

토니, 거의 기절하기 직전.

입학담당　(손수건으로 코를 막고 발을 동동 굴르며) 뭣들해요~. 저러다 토니 죽겠어. 어서들 말려 봐요~.

보고 있던 사람들, 서둘러 류진을 뜯어 말린다.

입학담당　얼른 보건실로 데려가! 그리고 류진, 넌 따라와!

토니, 친구 등에 업혀 보건실로 간다.

류진, 업혀가는 토니를 보면서 멍하니 서 있는다.

입학담당, 류진의 팔을 잡아 끌고 간다.

류진, 힘없이 끌려간다.

#84. 교장실 안

교장, 서류 처리하느라 정신없다.

문이 거칠게 열리고 입학담당, 류진을 끌고 들어온다.

교장, 놀란 얼굴로 입학담당과 류진을 번갈아 보면

입학담당　(몹시 흥분해서) 교장선생님 거 보세요. 제가 이런 아이는 받아들이면 안 된다고 했죠?

교장　(류진의 모습을 보고) 어 어떻게 된 거죠?

입학담당　제가 가닌깐 이 녀석이 토니를 줘어 패고 있더라구요. 제가 안 말렸으면 살인사건 났을 거에요.

교장　네? 정말이요? 토니는요?

입학담당　지금 보건실에 보냈어요.

교장 (실망스러운 듯 류진을 본다)

입학담당 교장선생님, 지금 당장 자퇴서 받아야 돼요.

류진 (입학담당선생님을 노려본다)

입학담당 저 보세요. 선생인 나조차 죽일 듯 노려보고 있잖아요.

류진 (씩씩거리며 꾹 참고 있다)

입학담당 저런 애는 인간본성이 사악해서 가르쳐도 소용없어요. 그냥 지금 당장 자퇴 말고 퇴학시켜야 돼요. 저… 저 눈 좀 봐요. 사람 죽이고도 남겠네.

류진 (참고 듣고 있다 소리치며) 저도 이런 수준의 학교는 더 이상 다니고 싶지 않아요. (뛰쳐 나가는데).

이때 키딩선생, 토니를 데리고 들어서며 뛰쳐나갈려는 류진을 간신히 잡는다.

키딩, 어깨를 감싸 안고 다독이며 흥분한 류진을 진정시킨다.

입학담당 (키딩선생을 가리키며) 그리고 류진을 받아들일 때 키딩선생님이 책임진다고 했었으니 이참에 키딩선생도 책임을 물어 사직서를 받아야 해요. 키딩선생 때문에 우리 학교가 문제아로 들끓는 것이에요.

키딩, 입학담당선생님을 무섭게 쳐다본다.

입학담당선생님, 약간 움찔하면서 조용해진다.

키딩, 교장선생님을 보며

키딩 (류진을 꾹 감싸서 자기 쪽으로 당기며) 전 우리 류진을 믿어요. 류진이 잘못했으면 제가 사표 쓰죠.

입학담당 들으셨죠, 교장선생님. (키딩을 보며) 그 말에 책임지시죠!(키딩이 쳐다보자 겁 먹은 듯 교장선생님 뒤로 숨으며)

교장 (키딩선생을 보며) 어떻게 된 것입니까?

키딩 (토니를 보며) 토니 이리 와. 너가 설명해 봐라. (토니가 다

가오자 눈을 마주치며) 토니, 네 맘 안다. 너도 같은 반 친구가 퇴학당해 인생을 망치길 원치 않는다는 걸, 넌 맘이 따뜻한 아이잖니?

입학담당 (토니를 손가락으로 가리키며) 저것 벌써 협박해서 데리고 왔을 거예요.

교장 (입학담당선생을 보며) 거 조용히 좀 해 봐요. (토니를 보며) 토니, 말해 봐라.

토니 (망설이며 키딩선생님을 쳐다본다)

교장 무서워 말고 천천히 설명해 봐.

키딩 (토니와 눈을 맞추며 고개를 끄덕인다)

토니 (고개를 숙인 채로) 류진이 잘못한 것… 아니예요. 제가… 류진의 화를 돋구어서 그런 거예요. 제가… 류진을 계속 괴롭혔는데… 반응이 없어서… 그래서 약이 올라서… 화 내는 것 보고 싶어서… 류진이 옛날에 다니던 학교 신문을… 게시판에 붙이고… 류진을… (눈을 질끈 감고) 정신병자라고 놀렸어요.

교장 (토니 양쪽 어깨를 살짝 잡고 눈을 맞추며) 토니, 너가 좀 심했구나.

토니 (울면서) 잘못했어요. 류진이 퇴학까지 당할 거라곤… 생각 못하고… 그냥… 심심해서… 장난 친 건데…. 죄송해요.

교장 그래, 너도 너 때문에 친구가 상처 받아 미안하지. 서로 화해할 수 있겠니?

토니 (눈물을 닦으며 고개를 끄덕인다)

토니, 류진을 보며 악수를 청한다.

류진, 토니를 보다 키딩을 보고 마지못해 악수를 받는다.

키딩, 토니와 류진을 흐뭇하게 보면서 꼭 끌어안는다.

입학담당, 한쪽에서 아무 말 못하고 꽃무늬로 된 이쁜 손수건을 비비꼬면서 먼 산만 보듯 하고 어색해 한다.
키딩과 류진과 토니는 인사를 하고 교장실을 나간다.

#85. 교장실 밖

류진, 키딩선생과 교장실을 나오면서 키딩선생을 보며 미소를 짓는다. 문밖에서 몰래 지켜보던 마틴, 교장실 상황을 아이들에게 알린다. 키딩과 류진과 토니가 나오자 친구들은 류진과 토니의 어깨를 토닥이며 미소를 짓는다.
토니, 금방 장난꾸러기 표정으로 되더니만 친구들과 장난을 친다. 토니와 아이들은 웃으며 장난치며 달려간다.
류진, 그냥 서 있다.
키딩선생, 류진의 양어깨를 감싸고 다정이 눈을 맞추며

키딩　류진, 맘 많이 아팠지? 미안하다. 내가 좀더 신경 썼어야 하는데 류진, 그래도 남자니깐 기운내고, 힘든 일 있으면 혼자 힘들어 하지 말고, 언제든지 선생님한테 와라. 알았지?

류진　(얼굴에 미소를 띄우며 끄덕인다)

키딩　(미소를 지으며 류진의 머리를 쓰다듬듯 흐트린다)

#86. 인천공항

출국장으로 캐서린이 가방을 끌고 나온다.
캐서린, 주위를 둘러 보다 하늘을 보며 미소를 짓는다.

#87. 샌프란시스코 학교 카페테리아(회상)

캐서린, 제임스와 마주 앉아 있다.

캐서린　제임스, 나 한국으로 유학가! 근데 너 류진에게 할 말 없니?

제임스 (아무런 말 없이 그냥 고개 숙이고 있다)

캐서린 너도 류진이 한국으로 간 후 많이 후회하고 힘들어 했잖아. 내가 요번 한국 가서 류진에게 전해 줄게. 사과편지 어때? 너도 맘의 짐도 덜고 잃었던 친구도 다시 찾게 될 수도 있잖아.

제임스 (말없이 고개를 끄덕인다)

#88. 샌프란시스코 공항(회상)

제임스, 공항으로 뛰어들어 온다. 손에는 편지봉투가 들려 있다.

제임스, 한국행 비행기 카운터에서 캐서린을 찾는다.

캐서린, 줄을 서 있다.

제임스 지나가는데 캐서린, 사람들 틈에서 운동화 끈 묶느라 숙여서 못 본다.

제임스, 안타까워하며 주위를 둘러보며 다른 데로 간다.

캐서린, 항공표를 받고 출국장으로 가다 제임스 뒷모습을 보고

캐서린 (큰 소리로) 제임스!!

제임스, 뒤돌아보며 캐서린을 발견하고 얼굴이 미소를 짓는다.

제임스, 캐서린에게 달려온다.

제임스, 캐서린에게 편지를 내민다. 겉봉엔 "류진에게, 제임스가" 라고 써 있다.

캐서린 (편지를 받으며) 이 편지를 보고 류진도 너의 사과를 받아주고 용서할 거야. 걱정하지 마, 제임스! (어깨를 툭 치며) 이제 좀 웃어봐!

제임스 (어색한 미소를 지으며) 고마워.

캐서린과 제임스 서로 꼭 안는다.

둘의 얼굴엔 환한 미소가 돈다.

#89. 운동장

캐서린, 앞에 걸어가는 남자 아이 팔을 잡으며

캐서린　류진?

돌아보는데 다른 사람이다. 죄송하다고 인사를 하며 다른 곳으로 간다.

캐서린, 멀리 류진이 가는 게 보여 달려간다.

캐서린, 놓치고 두리번 두리번.

캐서린, 지나가는 학생들에게 물어보고 다닌다.

류진, 교실로 들어갈려고 현관을 들어서는데

해나　(류진을 탁 치며) 류진, 누가 너 찾던데?

류진　(그냥 무시하고 들어가려 한다)

해나　무척 애타게 찾던데? 그 애 보닌깐 전교생에게 다 물어보고 다닐 것 같던데? 벤취 있는 쪽으로 가더라.

캐서린, 키딩을 보고

캐서린　저기… 혹시, 키딩선생님?

키딩　(돌아보며) 누구!?

캐서린　아, 맞구나!! (반가움에 팔짝거리며) 선생님! 저 모르시겠어요?

키딩　(찬찬히 보며) 아! 캐서린!! 말썽꾸러기 꼬마 아가씨!

캐서린　피, 꼬마 아가씨라뇨!? 이제 숙녀라구요!!

키딩　(가볍게 안으면서) 반갑구나, 여긴 어떻게?

캐서린　저요? 여기 학교로 유학 왔어요.

키딩　그래?

키딩과 캐서린, 벤취로 이동하면서 주거니 받거니 대화에 신이 난 표정이다.

저만치 오던 류진, 키딩을 보고 활짝 웃다가 돌처럼 굳는다.

류진　캐서린?!

류진, 후다닥 돌아선다. 크게 숨 내쉬고 돌아보면
키딩과 캐서린, 벤치에 앉아 웃는 다정한 모습.
류진, 입술이 터져라 깨물며 오던 길을 되돌아 달려간다.

#90. 복도

류진, 바닥만 보고 걷는다.
반대편, 키딩과 캐서린이 이야기하면서 오다가 캐서린의 시선에 류진이 포착.

캐서린　(반가움) 류진!!!

캐서린, 단숨에 달려가 류진을 반갑게 잡으면 류진, 캐서린의 손을 뿌리치고는 모르는 사람처럼 가던 길을 간다.
키딩, 류진을 잡지만 류진은 키딩을 원망스런 눈으로 쳐다보고 키딩선생님도 차갑게 뿌리친다.
키딩, 멀어지는 류진과 곧 울음이 터질 것 같은 캐서린을 번갈아 본다.

#91. 도서실

캐서린, 들어선다. 주위를 둘러보며 책장 사이 사이를 지나가며 본다.
캐서린, 도서실 안쪽 책상에서 류진을 보자 얼굴에 미소가 돈다.
캐서린, 자기 손에 제임스의 편지를 확인하고, 류진 앞으로 다가선다.
캐서린, 웃으며 제임스 편지를 주려고 내미는데
류진, 자리에서 일어나 나가려 한다.

캐서린　류진!
류진　(돌아본다. 싸늘한 표정으로 노려보고 그냥 나간다)
캐서린　(류진의 표정을 보고 얼어서) 저 이 편지….

#92. 카페테리아

캐서린, 들어서면 학생들 시끌벅적.

캐서린, 쟁반에 점심을 담아 들고 주위를 빙 둘러보는데 한국 학생들 일색.

캐서린, 류진을 찾으나 안 보여 힘없이 구석에 앉아 혼자 점심을 먹는다.

캐서린, 슬픈 표정이다.

캐서린, 류진이 점심을 들고 앉을 자릴 찾는 걸 보고 반가워 서서 손을 흔든다.

류진, 캐서린을 보고 점심을 버리고 나간다.

캐서린, 실망한 듯 서 있다 점심을 먹지도 않고 나간다.

키딩, 점심을 담아서 애들과 먹으러 걸어오다 류진과 캐서린이 나가는 걸 보며 안타까운 듯 쳐다본다.

#93. 운동장-벤취

캐서린, 힘없이 앉아 있다.

캐서린, 긴 한숨을 쉬며 고개를 들어 운동장을 빙 둘러보다 눈물이 고인다.

(점심시간, 아이들이 농구, 축구를 하는데 한국애들 일색이다)

프래쉬백 : #90-류진이 캐서린 손을 뿌리치는 모습, #91-류진이 캐서린을 싸늘하게 쳐다보다 나가는 모습, #92-류진이 캐서린을 보고 점심을 먹으려다 그냥 버리고 나가는 모습

캐서린, 고개 숙이고 있는데 눈물이 손등으로 뚝뚝 떨어진다.

키딩, 말없이 캐서린 옆에 앉아 등을 토닥인다.

#94. 교장실

키딩, 들어서면 교장과 입학담당 이야기 중이다.

입학담당 (실경질적으로) 키딩선생은 노크도 할 줄 몰라요?

키딩 노크했는데요?

입학담당 (교장선생님을 보며) 교장샘은 들으셨어요?

교장 (고개를 끄덕이며) 들었는데요.

입학담당 (토라져서) 흥!

교장 (키딩을 보며) 무슨 일 때문에….

키딩 새로 온 아이들과 몇몇 아이들이 겉돌아서요. 단합시킬 겸 크리스마스연주회를 구상하고 있는데 허락을 받고 싶어서요.

입학담당 교장샘 안 돼요. 애들은 모이면 사고 치는데 문제아들을 한데 모으면 대형사고 나요. 안 된다고 하세요.

키딩 (입학담당을 째려본다)

입학담당 교장선생님 뒤로 살짝 피한다.

교장 (키딩을 보며) 입학담당 말씀도 일리가 있는데요.

입학담당 (키딩선생을 보면서 고개를 빳빳이 들고 끄덕인다) 암요. 제 말은 다 옳다고요.

키딩 교장선생님, 음악은 사람의 마음을 안정시키며 평온하게 해 주기도 하고 때론 속 시원하게 해 주기도 하죠.

교장 (고개를 끄덕이며) 네 그렇죠.

키딩 그래서 정신과에선 치료로 쓰이기도 하죠!

교장 저도 들었습니다.

키딩 음악을 연주할래면 마음을 한 데 모아 화합해서 화음을 만들어야 하죠. 그렇지 않으면 불협화음이 되어 연주를 할 수 없죠. 물론 처음은 불협화음이겠지만 연주할려고 서로 애쓰다 보면 애들도 화합되고 음악으로 아이들 상처받은 마음도 치료가 될 것 아닙니까?

교장 네 그럼.

입학담당 (교장선생 말을 막으며) 교장샘, 안 돼요. 그러다 사고가 생기면요.

키딩 제가 책임지겠습니다.

교장 (입학담당을 보며) 책임진다지 않습니까? (키딩을 보며) 시도해 봅시다.

키딩 (좋아하며 인사를 한다) 네 감사합니다.

입학담당 (혼잣말로 궁시렁거리며 꽃무늬 손수건을 비비꼰다)

키딩 (입학담당 행동을 보며 웃음이 나오는 걸 참으며) 큭큭! (밖으로 나간다)

#95. 학교 게시판

공고문—다음 아래 학생들은 크리스마스 연주회단원으로 뽑혔음. 금일 오후부터 제3음악실에서 연습을 할 거니 모두 참석하시오. 연습 불참자와 연주회 불참자는 F학점으로 유급됨. 연주를 성공적으로 마치었을 땐 기말시험 50점 이상일 경우 B학점으로 처리되고 교장선생님의 포상이 있을 것임. 명단—루터, 류진, 마틴, 제니, 토니, 캐서린, DK.

#96. 제3음악실

악기 연주로 실내는 매우 시끄럽다.

박자도 엇박자에 각자 노는 바람에 연주가 아니라 소음으로 귀가 아프다.

류진이 들어온다.

토니 야! 뭐하는 거야. 너무 느리잖아. 북소리가 박자를 맞춰줘야 하는데 너 때문에 흐름이 깨지잖아!

마틴 (껌을 뱉으면서) 야, 미친 녀석아. 니나 음표 자알 맞춰서 해.

토니　뭐? 이 개새끼가! (토니 첼로 활을 들어 위협한다)

마틴도 자기 북채를 들고 토니 어깨를 후려친다.

DK　야. 야! 그만들 해. 이래서 우리 연주나 할 수 있겠냐. 이렇게 싸움질이나 하다간 크리스마스 축제 때까지 악기 다루는 것도 못 배우겠다.

류진이 문 앞에 서 있는 동안 제니와 키딩선생이 들어온다.

제니　(무서워하며 선생님 뒤로 숨으며 물러나면서) 오마이갓….

키딩　토니! 마틴! 멈춰! (선생이 다가가 두 사람의 옷 목덜미 자락을 잡는다) 류진! 마틴 좀 잡아봐라.

류진, 당황하며 마틴의 두 손을 잡아 재압한다.

토니와 마틴을 앉혀 두고 이야기를 나눈다.

토니　선생님, 마틴 말고 다른 드러머를 찾아야 돼요!

마틴　선생님, 토니가 있으면 전체 학생한테 피해가 돼요.

토니　뭐 씨발아. (토니 주먹을 쥐고 마틴을 후려친다)

마틴　와라! 씨발아. (토니의 복부를 찬다)

키딩　그만! 너희들 교장실에 갔다 와.

마틴과 토니는 밖으로 간다.

키딩　류진, 저 녀석들 싸우지 않고 내려가나 지켜!

류진, 자기 자신을 손가락으로 가리키며 '저예요' 하는 표정.

키딩, 고개를 끄덕이자

류진, 표정이 이그러진다.

류진, 바이올린을 한쪽에 내려두고 나간다.

#97. 복도

류진, 못마땅한 표정으로 뒤따라오고 토니와 마틴은 계속 싸우고 있다.

토니　류진, 너도 이 새끼가 연주 못하는 걸 알지?

류진　(대꾸도 없이 둘을 원망스러운 듯 노려본다)

마틴　아! 나! 씨발. (토니의 다리를 건다)

토니, 걸려 넘어지고 일어나 마틴의 멱살을 잡는다.

류진　(가운데서 떼어놓으며) 그만들 해. 싸우지 말랬잖아.

셋이 티격태격하는 동안 기다리다 못한 교장선생이 나왔다.

교장　너희 셋! 뭐하는 거야. 셋 다 이리로 들어와!

#98. 교장실 안

류진도 엉겁결에 교장실에 들어온다.

류진　선생님 전….

교장　잔말 할 필요 없고, 왜 싸우고 있는지 말해.

마틴　우리가 연주회 연습을 하고 있는데 도움 안 되는 녀석이 훼방을 두잖아요.

토니　연주도 못하는 것이 자꾸 내가 연주를 못한다고 하잖아요.

류진, 속이 끓고 있지만 참으면서 빨리 해결되길 바란다.

교장　그만! 그만들 싸우렴. 누가 못하네 내가 잘하는데 라고 그만 싸워라. 고등학생이 돼서 초등학생처럼 싸우면 모두들한테 피해가 가잖니?

마틴, 토니 둘이 보면서

교장　사람은 망각의 존재라서 완벽할 수 없는 거야. 그래서 다른 사람들과 타협하면서 살지. 남을 탓하기 전에 내 자신을 먼저 되돌아보고 연습을 하면서 좀더 나아지는 거지. 남이 힘들 땐 도와주는 게 사람이 인간다워지는 거란다. 너희 셋 오늘은 남아서 디텐션을 하고 가렴.

류진　아! 나! 선생님! (책상을 치며, 버럭 화를 내면서) 전 아무 잘못도 없다고요. 전 선생님이 이 녀석들을 교장실까지 데리고 가라고 해서 온 것뿐이라고요.

교장 아 그랬니…? 왜 일찍 말을 하지.

류진 잔말은 하지 말래면서요.

교장 크 흠! 알았다. 셋 다 올라 가 봐. 너희 둘은 방과 후에 남고.

#99. 제3음악실

셋이 음악실에 들어온다.

음악실은 아직도 시끄럽다.

키딩 얘들아! 그만~. 너희들 그만 싸우렴. 아! 모두들…. (소리치며) 모두 동작 그만!

모두가 선생을 본다.

키딩 연주는 화합이야. 모두가 서로의 맘을 알고 화합이 되어야 비로소 사람들이 연주를 할 수 있는 거야. 근데 너희들은 이기적이고 남을 생각하는 배려심도 없고 남보다 나를 먼저 생각하잖아. 마음을 열고 남을 알고 받아들이고 배려하지 않는 한 이 연주회는 아무런 의미가 없어. 얘들아 자기 자리에 앉아보렴.

학생들이 자리에 앉는다.

키딩 우리 모두가 누구인지 알고 있지만 다시 한 번쯤 되돌아보고 서로의 맘을 이해하는 게 좋겠구나. 모두들 한 명씩 나와서 남들이 알아주었으면 하는 걸 말해 보도록….

학생들은 서로 눈치를 보고 있다가 한 사람이 일어나 말한다.

빈티지 스타일을 걸친 마틴, 껌을 씹으며 일어나서

마틴 빙신들 뭐하냐? (헛기침) 내가 먼저 시작하지. 난 11학년이고 내 이름은 마틴 강. 내가 이놈의 학교 오게 된 것은 부모님 등쌀에… (인상이 찌푸려졌다가 씩 웃으면서) 그래도 한 3년 좋았지. 필리핀 국제학교에서 실컷 놀았으니깐.

평범한 옷의 조금은 얌전해 보이는 여자아이가 수줍은 듯 일어나서 말하기를

제니　저는요. 9학년 이제니라고 해요. 전 엄마가… (망설이다) 미국시민권을 갖게 해 주려고 미국에서 나를 낳았어. 그래서 시민권을 갖고 있어 이 학교를 들어올 수 있었어요.

토니　제니라고 했지? 그럼 미국에서 학교를 다니지, 왜 한국에 그것도 이곳 지방으로 다니냐?

제니　그건… 저기….

토니　답답아 그만두라. 니 답변 기다리다 하루 가겠다.

키딩　토니! (눈질 준다)

제니　(토니가 무서워 울기 직전의 표정) 불경기 때 집이 어려워져서 외국 유학이 힘들어서 이 학교에…. (울음을 터트린다)

토니　씨발년, 누가 너 잡아 먹냐? 울긴 왜 울어!

키딩　자 자 그만! 다음 사람. (제니 옆에 가서 등을 토닥여주며 달랜다)

게스청바지에 폴로남방을 입고 있는 곱슬머리 흑인 혼혈아가 머뭇거리다가 일어선다.

루터　난 10학년이고 내 이름은 루터. 내가 한국인라고 말하면 거의 모든 사람 깜놀하지.

토니　(놀란다)

류진　(새삼 놀란다)

루터　(토니를 보면서) 너는 이미 알잖아.

토니　ㅋㅋㅋ

루터　알다시피 혼혈아로서 힘들었던 건 사람들 시선과 어디에도 끼지 못하는 피부색이지…. 한국에서나 미국에서

나….

토니 (다가간다)

토니 루터 걱정 마. 이 오빠가 있잖니…. (눈썹을 움직인다)

루터 아…. (돌아보며) 좀 찌그러져 있어.

모두들 웃는다.

토니 (다른 사람을 보며) 알다시피 루터의 가족은….

루터 야, 임마. 하지 마!

토니 대한민국 0.5%에 드는 부자지. 아버지는 우리들 학교 이사회 회장이며 현진그룹 간부로 유명하지. 그래서 이 얼굴에도 돈을 바르고 다닐 수 있는 거야. (그의 프라다 가방을 보여주며)

루터 (한숨 쉬며)

토니 대한민국 시민이긴 하지만 미영주권 소유자고, 이 학교에 들어올 수 있었던 거도 다 이거….

토니가 돈이라고 손으로 동그라미를 그리며 돈이라고 말하기 전에 루터 가방으로 후려친다.

토니 (가방으로 맞은 곳을 손으로 감싸며) 아야. 이씨. (노려본다)

키딩 토니, 앉아 있으렴. 루터도….

토니 내 차례인가. (피식 웃으면서) 난 11학년, 내 이름은….

루터 (목소리 변형시켜서) 주먹 보이.

토니 (뒤돌아보면서) 누구야?

모두들 그저 웃기만 한다.

토니 그래 내 이름은 토니, 주먹보이라고 부르기도 하지. 내가 싫어하는 3가지 타입이 있어. 첫째 선생님에게 알랑거리는 녀석들. 둘째 내 안면에서 알랑거리는 녀석들. 셋째 내게 불필요한 조언하는 녀석들. 한국에서 적응하지 못하고 사고치고 싸움 일으키는 내가 미국에 간 건

부모님이 생각하시길 외국에서 지내면 바뀌고 나아질 까 봐서였지….

토니, 인상을 확 찌푸러트리면서

토니 부모는 허황된 꿈을 갖고 있었어. 말하자면 American Dream, 꿈에 나라 꿈의 도시. 아버지는 대학 졸업장 가지고 오지 않으면 들어오지도 말라고 하셨지. 나도 굳은 결심을 했지…. 조용히 고등학교 졸업하고 대학 나쁘지 않은 데 이수해서 돌아오자고. 굉장히 어려웠지. 담배를 끊자니 손이 떨리고, 술을 안 먹자니 삶에 낙이 없고, 카키색 외계인은 뭐라고 시부렁대고. 그래도 보내준 부모님을 위해서 조용히 참고 있었는데…. 녀석들이 나를 무시하잖아. 그래서 더 이상 못 참고 한바탕 뒤집어 엎었지. 내가 그 녀석들을 몽땅 죽사발을 만들어 버렸거든. 결국 퇴학당하고 나니 받아주는 학교도 없더군….

토니, 역시 옛날 일이 생각나는지 콧날이 시큰해져 코를 만진다.

토니, 자기 자리로 돌아가서 앉아 고개를 숙인다.

DK 난 11학년이고, 내 이름은 DK. 아는 사람은 다 알 테고, 모르는 사람은 아는 사람에게 물어봐. 우린 미국 시민인데 아빠가 한국지사로 발령받아 우리 식구가 이리로 오게 된 거야. 극작가나 배우가 될 거야. 이번 연주회 역시 내게 좋은 경험이 될 거라 생각되어서 참가한 거야.

캐서린, 차례가 되어 일어나 이야기를 시작한다.

캐서린 나는 부모님을 졸라서 이곳으로 유학 온 거야.

그 말에 애들은 전부 이해 못하겠다는 표정이다.

캐서린 사실 내가 이곳까지 온 이유는 나와 꿈이 같았던 친구가 있었는데 그 친구와 꿈을 같이 이루고 싶어, 그 친구를 쫓아온 거야.

그러자 아이들은 '와~' 하고 함성을 지르며 박수를 친다.
보기와는 전혀 다른 사연들을 듣고 학생들은 울기도 하고 웃기도 하였다.
하지만 류진만이 그냥 듣고 있을 뿐 동참을 안 하려 했다.
마지막으로 류진의 차례가 오자 류진은 자리에서 일어나 밖으로 나가 버린다.
그때, 류진의 뒤통수에 박히는 말들 "정신병자… 역시!" "저딴 놈과 같이 하고 싶지 않다." "냅둬! 건들지 마. 누가 아니. 자살할려고 들고 있던 총으로 우릴 겨눌지…." "야! 너 같은 새끼 우리도 필요 없어."
류진은 무시하고 밖으로 나간다.

캐서린 (앞으로 나서면서 소리친다) 모두들 그만해…. 그러지 마. 그건 오해야…!! 미국에서의 학교 신문은 오해에서 비롯된 기사였어…. 내가 그 당사자인 제임스의 사과편지를 들고 왔어. (아이들에게 편지를 내보이며 소리친다)

아이들, 편지를 돌려보며 난감한 표정들이다.

#100. 홈룸(밤)

키딩은 아이들을 보내고 책상에 앉아 생각을 한다.
일어나 왔다 갔다 하기도 하고

키딩 (혼자 중얼중얼거리는데 깊이 생각하는 행동. 약간 웃음이 나올 것 같은 애드립으로 대사를 한다. 마치 누구랑 대화하는 것처럼) 류진을 어떡하지?… 지금은 무슨 말을 해도 소용 없을 거야. 그래 그럴 거야. 좀더 시간을 두고 처리해야 할 것 같지? 그래 그럼 그건 그렇게 하고…. 그런데 그것보다 더 심각한 문제는… 음… 학생들이 악기를 다룰 줄 몰라. 그래! 나도 알아! 너무 힘들어 하는 것 같지?

(고개를 갸웃거리며) 뭔가 다른 게 있을 텐데. 다른 게 뭐가 있냐구~. 애들이 즐거워 할 수 있고 굳이 어려운 악보가 필요없고…. 그런 것… 뭐지? 서로의 리듬을 타고 즐길 수 있는 것…. 신나고… 아! 그게 뭐냐구~. 생각하고 있잖아. 속이 후련해지면서 아이들을 화합시킬 수도 있고. 아 참 답답해 죽겄네……. 아이 참! 나도 생각하잖아. 음~ 이왕이면 아이들이 자기 자신을 다시 생각하게 되고…. 야! 세상에 그런 게 어디 있니?……. 아냐 있어. 있는데 내가 생각하지 못하고 있을 뿐이야…. 자기 자신을 소중하게 여기게 되고 사랑하게 만들 수 있는 그런 것. 아, 미치겠네…. 뭐지? 아! 그게 있어…. 뭔데? … 그것 있잖아…. 얼마 전에 공원에서 보았던 연주…. 너 기억 안 나? …. 아! 그래 그 폐품 가지고 만들었다는 악기로 연주하던 것? … 그래… 너도 그때 그 연주 보고 무척 신기해하고 좋아했잖아…. 응 그랬지…. 내 생각엔 아이들이 자신들을 쓰레기라 생각하고 있고…. 응 그런데… 다른 사람들이 보기에도 그 아이들의 존재가 쓰레기와 같았기 때문에 무시하잖아…. 그래서… 세상과~ 어울리지 못하는 폐품과 같은 아이들에게 희망을 주고… 자기 자신들의 존재도 아름답다는 것을 느끼게 해서…. 그래 느끼게 해서 이 세상에 존재의 소중함을 알게 해 줄 수 있다고 생각해. 그런데 아직도 거기서 할까? 모르지 내일 한 번 애들 데리고 가봐야겠다. 갔다가 안 하면 찾아야지. (키딩은 매우 만족한 웃음으로 고개를 들고 창밖을 보고) 헉, 뭐야! 밤이잖아. 몇 시지? 큰일났네. 애들. (시계를 보며 서둘러 교실을 나간다)

#101. 공원

야외무대 위, 가운데 검은 플라스틱 파이프로 만들어진 대형 악기를 중심으로 양옆에 검은색 플라스틱 커다란 통들이 있고 앞으로 실로폰 같은 악기가 있다.

야외무대 앞으론 사람들이 연주를 들을려고 옹기 종기 모여 앉았다.

키딩과 학생들, 한쪽으로 자리를 잡고 앉는다.

류진, 멀리 숨어서 자리를 잡는다.

한 사람이 무대에 올라와서

매니저 **여러분 안녕하세요. 저흰 두드림입니다. 앞에 보시는 악기는 폐품을 이용해 만든 악기입니다. 이 세상엔 버릴 것이 하나도 없습니다.**

연주가 시작되자 연주자들은 주걱같이 생긴 것과 북채 같은 것으로 연주를 한다. 학생들, 연주회를 보며 박수를 치기도 하고 얼굴엔 웃음이 가득이다.

제니 (캐서린을 보며) **저런 폐품에서 아름다운 소리가 나온다는 게 너무 신기하다.**

캐서린 **응 그래. 정말 너무 신나지 않니?**

연주가 끝나자

매니저 **네 여러분 어땠어요?** (귀에 손대면서 듣는 시늉, 사람들 "좋았어요") **고맙습니다. 자 모두들 나와서 악기를 직접 연주해 보세요.**

학생들은 악기를 연주하면서 얼굴에 웃음꽃이 만발이다.

류진, 나갈려다 키딩과 친구들을 보고 뒤돌아 간다.

키딩, 류진의 뒷모습을 보고 달려가 보지만 사람들 속으로 사라져버린다.

키딩, 매니저를 만나서

키딩 저 잠시 이야기를 나눌 수 있을까요?

매니저 네 그러시죠.

키딩 연주 매우 인상 깊었습니다. 근데 혹시 저희를 도와주실 수 있으신지요.

매니저 무슨 일을 도와드릴까요.

키딩 네 제가 요번 크리스마스 때 연주회를 하려고 하는데 저희 아이들이 악기 만드는 법과 악기 연주법 좀 알려 주실 수 있으신지요.

매니저 네 물론입니다. 그렇지 않아도 저희 프로그램에는 청소년들에게 악기를 만들고 연주하는 프로그램이 있습니다.

키딩 정말입니까? 감사합니다.

매니저 그럼 재료를 준비해 두시면 저희가 가서 알려 드리겠습니다.

키딩 네 알겠습니다. 준비하고 연락드리겠습니다.

키딩은 명함을 들고 학생들을 보며 환한 미소를 짓는다.

#102. 카페테리아

류진, 혼자 점심을 먹고 있다.

캐서린 (류진을 보고 가까이 가려다 멈춰 서서 슬픈 표정이다)

토니 (캐서린을 보고, 친구들에게) 야! 류진도 우리랑 같은 팀이잖아. 먼저 번 우리가 잘못한 것도 있고, 어때 동참하자고 하자.

루터 (토니를 보고) 와우! 토니가 연주회를 보고 온 후 마음에 천사가 들어왔나 봐.

DK 좋은 생각이다.

토니 (마틴을 보며) 넌?

마틴 나도 좋아.

제니 (걱정스런 표정으로) 근데~. 류진이 받아들일까?

토니 그거야 나도 모르지.

캐서린 (모두를 보며) 모두들 정말 고마워. 만약 류진이 바로 안 받아 주더래도 좀 기다려 줄 수 있겠니?

모두 (고개를 끄덕인다)

토니 물론이지. 내 맘은 태평양이거든.

루터 뻥! 옹달샘이면서….

모두 (웃는다) 하하하.

토니 너. (잡으러 간다)

키딩, 흐뭇한 미소를 띠고 학생들을 본다. 혼자 점심을 먹고 있는 류진 곁으로 친구들이 하나둘 와서 앉는다.

류진, 이유를 모르는 상황에 좀 당황해 하며 자리를 피한다.

친구들, 더 이상 말을 못 붙이고 안타까운 듯 쳐다보고

키딩, 역시 무언가 결정한 표정이다.

#103. 강당

키딩, 왔다 갔다 한다.

키딩 (혼잣말로 달래듯이) 류진, 너 이러다 유급된다. 연주연습 나와 보면 어떻겠니? 아냐. 이건 너무 약해. (웃긴 표정으로) 우리 착한 류진이 무엇 때문에 아직도 화가 안 풀렸을까? 선생님한테 이야기해 볼래? 웩. 이건 너무 닭살이다. 으. (소름 끼치는 것처럼 몸을 턴다) (화난 표정으로) 류진, 너….

제니가 들어온다.

키딩 왜 너 혼자니?

제니 저기 지금 와요.

키딩 고맙다. 넌 가봐라.

제니, 인사하고 나간다.

류진, 강당으로 들어선다.

캐서린, 류진을 몰래 따라 들어와 한쪽으로 서 있다.

키딩 (류진을 보며 큰 소리로) 너 언제까지 어린애처럼 징징거릴 거야.

류진 (키딩의 돌변한 모습에 당황해서) 선생님!

키딩 너 친구 제임스는 캐서린이 말하자 너에게 사과의 편지도 써서 보냈다더라. 제임스는 그렇게 바로 용서를 구할 줄 아는 용기가 있는데 넌 아직도 속에 담고 옹졸함으로 일관하는 넌 패배를 한 것이야. 너가 패배라고!

류진 (순간 폭발하고 이성을 잃고 키딩에게 덤빈다)

캐서린 (달려들어 류진을 뒤에서 껴안고) 류진! 이러지 말어. 난… 난 너랑 꿈을 이루기 위해 멀리서 미국에서 이곳까지 왔어. 부모님도 없이 낯선 곳에서 난 얼마나 무서웠는지 알아? (울면서) 그렇지만… 그렇지만… 난 너랑 같이 꿈을 이루고 싶어서… (흐느끼며) 그래서… 그래서 이렇게 너가 내게 돌아와 주기를 기다리면서… (울음) 기다렸는데… 제발 류진… 우린 꿈이 있잖아. 우린 같은 꿈을 꾸잖아. 우리 함께 그 꿈을 이루자. 류진… 사랑해… (류진을 끌어안고 운다)

류진 (돌아서서 캐서린을 꼭 끌어안는다. 류진의 눈에도 눈물이 고인다.) 눈물 한 방울이 (눈물방울을 반짝이는 보석처럼 표현) 흘러서 캐서린 머리 위로 떨어진다. (캐서린 머리로 떨어진 눈물방울을 시점으로부터 반짝이는 환한 빛이 두 아이의 몸 전체를 감싸듯 처리해서 아이들을 주위 배경보다 반짝이게…)

키딩 (미소를 띄우며 조용히 자리를 뜬다)

#104. 류진의 기숙사 방

류진, 침대에 누웠지만 밤잠을 설치며 뒤척이다 일어나 책상에 앉는다.

류진, 책상서랍에서 편지 한 장을 꺼내 맨 위에 '제임스에게' 라고 쓴다.

(시간 경과)

밤새 무척 힘들었는지 주위엔 쓰다가 구겨버린 종이가 산더미다.

류진, 항공봉투에 편지를 넣으며 흐뭇한 미소를 날린다.

#105. 강당

류진, 일찍 연습하는 곳을 찾는다.

뒤늦게 도착한 학생들은 어색하게 서 있는 류진에게 다가가 말없이 서로의 제스츄어로 인사하며 류진을 받아들인다.

아이들, 얼굴에 미소가 돌고 류진의 얼굴에도 미소가 돈다.

이를 보는 키딩 얼굴에도 환한 미소가 돈다.

루터 (들어서며) 야! 모두들 나와 봐. 재료 가져왔나 봐.

#106. 운동장－수돗가

트럭 한 대가 서 있다.

토니, 마틴 트럭 위로 올라가서

토니 이것 다 꽁짜로 가져왔다.

마틴 정말이야 폐차장 아저씨도 우리보고 잘하라고 하면서 그냥 맘에 드는 것 골라서 가져가라고 했어.

토니 폐품수집상 아저씨도 우리보고 파이팅! 하며 꽁짜로 주셨고….

아이들 와!

키딩, 흐뭇하게 웃으며 아이들을 보고 있다.

토니와 아이들이 차에서 물건들을 내려놓는다.

제니　(물건들을 보고) 윽~ 냄새, 그리고 너무 더럽다.

류진　(호스로 물을 뿌리며) 이렇게 물로 씻으면 되지.

이이들, 열심히 더러운 폐품들을 닦는다.

토니, 류진에게 물을 뿌리려 호스를 돌리는데 마틴이 맞는다.

마틴, 바가지로 양동이 물을 뿌린다.

루터, 물을 뒤집어쓰고 역시 바가지로 퍼서 뿌린다.

키딩, 물을 뒤집어쓰고, 아이들 일순간에 조용~.

키딩, 웃으며 바가지로 물을 뿌린다.

아이들과 키딩, 물싸움으로 웃으며 한껏 재미있게 논다.

#107. 학교강당

연주회에서 했던 사람들이 와서 학생들과 악기를 만들기 시작한다. 류진도 폐타이어랑 폐품을 이용해 악기를 만드는 작업에 동참 한다. 서로가 이마의 땀을 닦아주며 웃기도 하고, 그렇게 점점 서로의 맘을 이해하게 되고 두드림의 연주도 아름다운 멜로디로 완성되어간다. (시간 경과. 달력이 여러 장 뜯어지고, 창밖엔 눈도 내리고, 크리스마스 캐롤이 울려 퍼진다)

#108. 강당

학생과 사람들이 웅성거리고 주위가 매우 시끄럽다.

무대 위엔 두꺼운 빨간 커튼이 쳐져 있다. 강당에 불이 꺼진다.

두꺼운 빨간 커튼이 올라가고, 무대 위에서 바이올린의 조용한 음률이 퍼진다. 류진이 바이올린 켜는 모습을 조명이 비춘다.

류진에게 조명이 집중되자 사람들 시선도 집중되면서 조용해진다. 류진 뒤로는 하얀 색 커튼이 있다.

바이올린이 점점 탬퍼가 조금씩 빨라지며 각 악기들 소리가 하나씩 끼어든다. 끼어든 악기마다 하얀 색 커튼 뒤로 조명이 켜지면서 악기의 실루엣이 드러난다. 모든 악기가 다 끼어들고 그 악기들 실루엣이 하나씩 하얀 커튼에 비춘다.
하얀 커튼이 올라가고 서서히 무대 막이 열리며 본격적으로 음악이 연주된다. 류진은 온 무대를 다니며 악기들과 함께 번갈아가며 연주를 한다. 바이올린의 경쾌한 멜로디와 두드림 악기들의 다이나믹한 연주가 어우러져 무대 위가 들썩들썩하다.
마침내는 객석의 친구들과 선생님들과 사람들도 일어나 박수를 치면서 연주회에 빠져들어가고, 마지막 절정에서 모든 사람들이 박수를 치며 소리를 치고 연주회가 끝난다.
사람들은 저마다 속이 시원해졌다고 하고, 정말 끝내주는 연주였다고 칭찬을 한다.
연주회가 끝나자 사회자는 악기를 학생들이 폐품으로 직접 만들었고, 연주를 한 것이라 말하며, 학생들 하나하나 소개를 한다. 모든 사람들은 일어나서 기립박수를 친다.
두드림 연주회의 난타는 아름다운 멜로디를 창조해내고 그 음악을 들은 사람들은 폐품에서 그렇게 아름다운 멜로디가 나온다는 사실에 감동을 받고 아이들 역시 자기들도 아름다운 사람이 될 수 있다는 자신감으로 모두들 행복한 표정이다.
연주회가 끝난 후 류진의 부모님이 류진을 찾아온다.
류진의 아버지의 손에는 MIT 로고가 박힌 편지봉투!
그러나 류진은 합격통보는 뒷전이고, 뜨겁고도 긴 포옹을 한다.

에필로그－캐서린과 출국장을 빠져 나가는 류진의 손에 MIT로고가 박힌 편지봉투와 비행기표!

END

전인숙 시집

장미 몽파르나스

•

지은이 / 전인숙
발행인 / 김재엽
발행처 / 한누리미디어
디자인 / 지선숙

•

121-840, 서울시 마포구 잔다리로 35(서원빌딩 2층)
전화 / (02)379-4514, 379-4519
Fax / (02)379-4516
E-mail/hannury2003@hanmail.net

•

신고번호 / 제300-2006-61호
등록일 / 1993. 11. 4

•

초판발행일 / 2014년 7월 10일

•

•

값 10,000원

•

※잘못된 책은 바꿔드립니다.
※저자와의 협약으로 인지는 생략합니다.

•

ISBN 978-89-7969-481-9 03810